Alberto Bevilacqua

L'AMORE STREGONE

Romanzo

MONDADORI

Dello stesso autore in edizione Mondadori

Una città in amore
La Califfa
Questa specie d'amore
Il viaggio misterioso
Umana avventura
Una scandalosa giovinezza
La festa parmigiana
Il curioso delle donne
La donna delle meraviglie
La Grande Giò
Una misteriosa felicità
Sorrisi dal mistero
Il gioco delle passioni
I sensi incantati
Un cuore magico
L'Eros I
Lettera alla madre sulla felicità
Anima amante
Gialloparma
Gli anni struggenti
Attraverso il tuo corpo
Tu che mi ascolti
Lui che ti tradiva
Eros II

www.albertobevilacqua.it

L'amore stregone
di Alberto Bevilacqua
Collezione Scrittori italiani e stranieri

ISBN 978-88-04-58750-7

I edizione ottobre 2009

L'amore stregone

La donna che siede di fronte al narratore...

Il suo nome è Sara.

Al narratore piace ascoltarla mentre lei gli affida la sua storia. Raccontata in prima persona, in terza persona. Le suggestioni della vita di Sara stanno racchiuse nella sua infanzia e nella sua adolescenza. Personaggi e situazioni hanno reso d'eccezione questa prima parte della sua esistenza.

Il padre Tommaso, la madre Marlene, i componenti di una famiglia senza patria.

E la Musica.

'Mio padre era un pianista di cui si diceva: tocco magistrale, maestria fantasiosa. Teneva concerti per il mondo e il pubblico lo amava. Quando tornava e restava a casa per qualche tempo, trascorreva le notti al pianoforte. Ero una bambina nata da poco e ascoltavo la sua musica, non potevo non ascoltarla, mi raggiungeva nel mio piccolo letto, in una camera adiacente al salone del pianoforte... Quelle note penetravano nella mia mente, direi nell'argilla ancora informe della mia mente e dei miei sensi, si sostituivano ai pensieri e alle emozioni che stavano nascendo, si diffondevano nel mio sangue e nel mio respiro: venivano assimilate come prima sostanza della vita.

Nata da poco, avevo diritto a piangere, la coscienza

vaga di questo diritto, ma non piangevo, per non interrompere la sonorità che mi invadeva, per consentirle di invadermi. Percepivo che mio padre sapeva di questo sortilegio: trasmettere un'idea-sangue della vita attraverso il suono. Infatti, mi ripeteva che la prima cellula da cui avevano preso origine gli universi, era sonora: *Or*, Rosa della luce, quella cellula di un istante, impressa nella materia tenera del cosmo.

Mio padre sembrava volermi dire: così dovrai cercare di esistere, con il proposito di impadronirti di ogni ritmo che esiste insieme al tuo. E quando mi invitava "Vieni qui, vieni a sederti accanto a me" obbedivo e gli fissavo le mani, le dita che correvano per la tastiera. Come se uscissi dalla bambina che ero, per trasferirmi in un'altra di me, già adulta, attraverso le dita di mio padre, la sua testa con gli occhi socchiusi, che sorrideva passando da un universo all'altro delle note.

La vita che mi augurava era: l'armonia da difendere. Ma quanto mi è costato.

Anche mio padre, a suo modo, è stato un apprendista stregone.'

Alla personalità della madre Marlene, donna sconvolgente per molti aspetti, la protagonista deve il gioco mentale de *L'apprendista stregone*.

Marlene regalò alla bambina Sara la registrazione di *Fantasia*, un capolavoro del sortilegio destinato all'infanzia del mondo, che coinvolse un pubblico di ogni età: Sara ne restò fortemente impressionata. I due creatori, Disney e Stokowski, si ispirarono a *L'apprendista stregone* di Paul Dukas. Uno scherzo sinfonico che si era ispirato, a sua volta, alla fondamentale ballata, sullo stesso tema, di Goethe (L'apprendista stregone... "E ora devono i suoi spiriti fare un poco a modo mio"). I rimandi ispirativi dimostrano quanto il motivo sia sempre stato seducente. Anche Goethe, infatti, fu sollecitato: dal poeta satirico greco Luciano di Samosata, che narra di Eucrate, giovane apprendista dello stregone Pancrate, desideroso di carpire i segreti del suo maestro.

L'infanzia e l'adolescenza possono assorbire, con le loro magie naturali, il meglio e il peggio di una vita, le più forti emozioni. Apprendista stregone fu definito anche il matematico John von Neumann, che già a sei anni disponeva di una velocità di pensiero e di una memoria che diventarono leggendarie. Hans Bethe, premio Nobel per la fisica nel 1967, le definì proprie di una specie superiore che sapeva imitare bene gli umani.

La distinzione fra memoria primaria e memoria secondaria, lo studio sulle infinite varianti della logica della mente, si devono a Neumann che fu, al tempo stesso, colpevole di efferatezze, teorico spietato nella guerra atomica. Il male e il bene coesistono in lui, come in Goethe, per le risposte geniali a molti enigmi, a molti dei nostri sogni.

Uccidi il mastino

Villa Kar.

Kar, un marchio per una famiglia che non aveva mai avuto patria. Infinite tappe nella sua storia. L'Europa attraversata. Per finire in Dalmazia. Infine, in prossimità di Trieste. Kar: antica parola, indoeuropea, anch'essa con una sua fatalità migratoria, trova significato in nazioni diverse: Kras in sloveno, Karst in tedesco, Carso. Significa rupe, roccia. Ma chi aveva costruito la villa l'aveva voluta con i muri bianchi e luminosi, in contrasto col suo nome. Appariva un piccolo eremo.

Una villa concepita subito come contraddizione, per un luogo di contraddizioni.

Sara, bambina, imparò presto a pronunciare la parola "Kar". A servirsene: per le sue stizze, il gusto stesso, rabbioso, di esclamarla. Kar: come l'abbaio di un cane.

Villa al confine di un territorio di confine. L'aria tersa dal vento di bora. Sole che scendeva presto dietro la roccia grigia e compatta, mentre gli occhi di Sara pregavano il sole di resistere, di non lasciarsi ingoiare. La bora puliva l'aria, ma spezzava il fiato. Tendeva i nervi. Facilitava le depressioni e le collere.

Le rocce, tutt'intorno, combattevano i sogni. Cavità carsiche con ingresso a strapiombo, foibe. Il desiderio di fuggire...

«Quel posto non lo dimenticherò mai» confessa Sara.

«Ha imprigionato la mia infanzia. Certamente la mia vita avrebbe avuto un avvio diverso, se fossi nata altrove. Qualunque altro luogo, ma non quello. Esasperava le mie prime emozioni, poi le faceva slittare via da me, per sostituirle con emozioni opposte... E questo mi faceva soffrire, non mi dava pace, non capivo come fosse possibile.

Anche i luoghi e le cose hanno un loro potere, le loro *stregonerie*. Persino una torbida presunzione di affermarsi sugli esseri umani costretti a praticarli. Via via che crescevo, odiavo sempre più Villa Kar, e dentro di me la maledivo.»

«Uccidilo. Uccidi il mastino!»

'Una poesia di Yeats descrive la reggia di Bisanzio. Vi fiorivano alberi sui quali stavano posati uccelli arcani. Non conoscevano né la vecchiaia né la morte. Cantavano sempre. Comunicavano saggezza con il loro canto. Io, bambina, pur non conoscendo quei versi, mi figuravo che le stesse presenze, che avevo visto in sogno, esistessero anche nel vasto giardino che fronteggiava la villa. Ma c'era un mastino gigante che si aggirava: rabbioso, latrando di continuo contro piante e fiori. Con balzi fulminei si avventava sulle piante umili come l'acacia, dalle fioriture gialle che illuminavano i mesi invernali, o il gelsomino dal dolce profumo, affondando le zampe nelle radici tuberose della colombina tutta blu e porpora. Faceva scempio anche degli innesti preziosi, cresciuti per scelta e cura di mio padre. L'avevo scoperto lacerare le liliacee dell'Himalaya, rovesciare i vasi di pavonia.

Quando mi sentivo spinta a perdermi in quell'incanto, convinta che non dovesse esistere imperfezione nel giardino che appariva ai miei occhi come un'opera d'arte, venivo raggiunta, avendone scosse di paura, dall'ansare del mastino. Dapprima non lo avvistavo, udivo soltanto il fogliame violentemente scosso: il mastino si insinuava, come se avesse avuto percezione della mia beatitudine, per apparirmi di colpo coi suoi balzi, e pareva volesse aggredire me, volava verso di me, i suoi assalti erano mossi da una derisione crudele, virava nell'aria, piombava poco più lontano. Magari sui fiori del ribes, per poi mostrare i canini imbrattati come di sangue dai rossi racemi penduli.

Se gli uccelli fatali non li udivo cantare, quasi fossero fuggiti dai rami, attribuivo la colpa al mastino. Persino l'Albero della pioggia, i ruscelli, le foglie della ninfea sembravano rabbrividire di disgusto con me.

Mi si affacciava il primo giudizio sulla vita: non si può stare in pace con la bellezza.

Il giardiniere Max era sui cinquant'anni. Faceva paura allo zio Samuel, che ripeteva avvistandolo: «Una faccia patibolare». Anche le due zie, Ester e Lia, erano dello stesso parere. Ma mio padre raccomandava, al fratello e alle sorelle: «Non prendetevela con Max. Può sembrare un assassino, ma ha un talento raro per i fiori e le piante». A me, Max non faceva paura. Con il primo rancore infantile, avrei voluto ucciderlo. Aveva mani che sembravano scolpite nel legno, con la nodosità dei rami. Quando la mia mano scompariva dentro la sua, la sensazione che provavo era di un albero che mi ghermisse. E Max non perdeva occasione di ghermirmi. Mi ritrovavo, a sorpresa, la sua mano sulla schiena e, subito, lungo il mio corpo, per soppesarne la gracilità e la morbidezza. Mi stringeva il sedere con le sue dita d'acciaio, facendomi male. La voluttà perversa di Max passava via rapida, lasciandomi a rabbrividire.

Avrei davvero voluto gridargli: "Ti ucciderò". Invece gli ripetevo, riuscendo a impormi calma e freddezza:

«Uccidi il mastino!»

Max aveva dato il suo stesso nome al cane che amava:

«Perché dovrei uccidere Max?»

Come avrei potuto spiegargli l'infamia di chi, animale o uomo, detesta la bellezza, più esattamente, avvelena la bellezza della vita? Non disponevo ancora né dell'età, né delle parole necessarie. Ma il mio istinto ne era certo: il furore del mastino nasceva dall'odio per le meraviglie del giardino. Se avessi tentato di convincere l'uomo dalle mani nodose, lui si sarebbe limitato a prendersi beffe di una bambina. Che non aveva diritto a esprimersi come un'adulta. Che, a suo parere, travisava le ragioni. Infatti, giustificava la sua bestia:

«Max si comporta così perché difende fiori e piante. Ha una vista e un fiuto infallibili. Scopre i ragnetti rossi che infettano, i pidocchi, i millepiedi che danneggiano la giovane vegetazione, la rogna, la malattia della ruggine. Che puoi saperne tu? Bisogna sterminarli i focolai maligni, nella vita come in un giardino.»

Mi mantenevo inflessibile:

«Uccidilo.»

«Quel cane sa amare. Mi ama. Guarda.» Chiamava a sé il mastino: «Max, vieni qua».

Il mastino strisciava ai piedi del padrone come uno dei vermi che, secondo il padrone, sapeva individuare e distruggere. Avanzava strisciando anche verso di me e passava la lingua enorme sulle mie scarpe. Ne provavo lo stesso brivido di quando era l'altro Max a toccarmi.

Fissavo il mastino che mi fissava. Non potevo sbagliare anche se avevo il cervello di una bambina. Negli occhi della bestia si accendeva una luce maligna, la cattiveria della derisione già sapevo riconoscerla. Allora giravo lo sguardo e chiedevo intorno, alle creature del giardino delle meraviglie: aiutatemi voi, questa è la crudeltà di chi detesta la bellezza. Max continuava:

«Per me, sarebbe peggio che uccidere un uomo. Uccidere Max sarebbe come uccidere me stesso.»

Ecco, mi dicevo, i conti tornano. Perciò:

«Uccidilo!»

Non riuscivo a distinguere chi fosse più bestia: se il

mastino o il suo padrone. D'istinto, mi giocai il primo colpo su colpo della mia vita:

«Devi ucciderlo, Max. Altrimenti dirò agli zii che tu mi tocchi. Che una volta mi hai stretto il collo e hai spinto la tua mano su per le mie gambe.»

«Questo non l'ho fatto.»

«Ma quante volte stavi per farlo... Crederanno a me, Max.»

Stavolta fu lui a leggermi negli occhi. La certezza, già adulta, che avrei messo in atto la mia minaccia.

La zia Ester fu la prima a trovare il mastino in un fossato, sotto un'esplosione di Tigridia Pavonia, i cui fiori tigre messicani, che hanno breve vita, proprio in quei giorni, erano saliti verso il cielo come fuochi artificiali. Al mastino era stata tagliata la gola, il fossato era pieno di sangue. Zio Samuel commentò:

«Sembra sia stato ucciso da una mano che sa ammazzare. Un solo colpo, netto, da un lato all'altro della gola. Ed è strano che uno come Max non sia riuscito a impedire uno sgarro del genere nei suoi confronti.»

Convenne Lia:

«Già. Significa che la nostra villa corre i suoi pericoli. Bisognerà parlarne, con Max.»

Lia era la più avveduta. Forse aveva intuito. Io ero ferma, lì, da una parte. Scrutavo il fossato, impassibile. Lia si girò verso la sorella:

«Porta via Sara. Una bambina non deve assistere a scene simili.»

Ester mi afferrò per un braccio e mi costrinse ad allontanarmi in fretta. Un po' assurda com'era, andava ripetendo:

«Tu non hai visto niente, capito? Tu devi fingere di non aver visto.»'

Sara era ancora una canna al vento.

Col primo buio, era tornata al fossato. Senza capacitarsi di avere gli occhi gonfi. Spinta da una voglia di piangere estranea a ogni stato d'animo precedente. Inoltrandosi nel buio, nessuna paura. Semmai il desiderio di essere punita, magari dalle ombre stesse che la stavano ingoiando.

La luna rischiarava una nube di mosche sopra la carcassa del mastino, faceva brillare un occhio dell'animale – uno solo, l'altro non era visibile – come un frammento di vetro. Mandava un lampo, come se la vita, dentro la carcassa, non si fosse spenta completamente. Aggirando il mastino, per metà riverso sulla buca che avrebbe dovuto accoglierne i resti, la luce vitrea sembrava ruotare, come per non abbandonare l'incedere di Sara. Si spegneva solo a tratti, quando le nubi filavano contro la luna. A incombere era la calma, ossia la coesistenza tranquilla dei paraggi abituali, delle piante e dei fiori abituali, con quell'ammasso coperto di mosche esasperate. Sara si impressionava di quella calma perché era simile alla sua, e la stava provando intensamente, pur con le lacrime che premevano per scorrerle lungo le guance.

"Com'è possibile!" pensava. "Se sono stata io, proprio io..."

L'inesorabile ordine impartito nei giorni precedenti le sembrava un assurdo incubo avuto nel suo sonno che si animava, a volte, di atti sognati nell'atto stesso di essere compiuti, le sue piccole *stregonerie*. Se fosse stata adulta, avrebbe capito che, a spingerla, era quella controversa forma di narcisismo che si chiama pietà, e che il desiderio di essere punita era soltanto un acerbo manifestarsi del rimorso.

Si piegò sulle ginocchia. Non ebbe disgusto del nugolo di mosche. La sua mano si annerì di mosche quando raggiunse l'occhio vitreo per tentare di chiuderlo. Udì i rami smossi dietro di sé. Si girò. Senza provare allarme. Ma col suo piangere che si sfogava.

Era Max. Max in piedi alle sue spalle. La luce della luna gli cancellava dalla faccia la solita maschera della brutalità. La sua figura le appariva come mai l'aveva vista: più giovane, più snella, dentro un vestito blu, elegante. Un uomo di fascino ambiguo, con un velo ambiguo negli occhi. Un'ambiguità, tuttavia, che trasmetteva un veleno più minaccioso di un'esplicita minaccia.

Max disse a Sara, con un sorriso:

«Uccidere il mastino è stato per me un terribile sacrificio. Una prova d'amore per te, Sara... Tienilo a mente. Quando ti chiederò di essere carina con me.»

'L'avevo immaginato, il mio piacere.

L'avevo pregustato allo specchio. Mi vestivo apposta per l'occasione. Infilandomi la maglietta attillata girocollo che mi aveva regalato mia madre. Marlene mi aveva regalato molte magliette così, di vario colore. «Lo vedi come ti modella questa maglietta? E un giorno ci vedrai spuntare le tue tettine.»

Mi parlava con quel sorriso dubbio, che non avrei saputo definire. Mi sembrava che restasse sospeso su noi due, quando ci capitava di restare vicine, e lei si prendeva cura del mio piccolo corpo, lei piegata sulle ginocchia, con le lunghe gambe infilate nei jeans, o lasciate libere, sguainate e nude, sotto la vestaglietta che arrivava a coprirle solo il ventre... «Le tettine» ripeteva. «E tu sarai fiera di vederle apparire, e la maglietta attirerà lo sguardo di tutti, sarà un bel giorno quello, Sara, un gran giorno.»

Io cercavo di non guardarle il seno fantastico, che mi pareva non essere mai stato tettine, ma spuntato col suo splendore da sempre, mai stato bambino, un seno sul quale ricadevano i lunghi capelli mesciati, e lei lo teneva puntato contro di me come per mettermi a disagio, mentre profetizzava sulle mie tettine.

Se cercavo di sviare lo sguardo era perché, come se esistesse una forza di gravità a suo favore, mi sentivo risucchiata dal corpo di Marlene, una sua appendice acerba, un'inutile appendice che aveva ancora tanto da dimostrare, e davvero mi sentivo più piccola, più insignificante con le mie tettine che un giorno, ma lontano, avrebbero dato un senso, sotto gli occhi del mondo, alla mia maglietta attillata.

E sempre con quel sorriso a doppia lama, un po' canzonatorio e un po' viscerale, faceva apparire nella mano il rossetto, si divertiva con una passata di rossetto sulle mie labbra, spiegando che un giorno, sempre quel dannato giorno, avrei capito come, indossando una maglietta girocollo attillata, il rossetto ci sarebbe stato a pennello, e io sarei stata come lei una femmina che non perdona, stando alla definizione a doppio taglio di Ester.

Mi toglievo il rossetto col dorso della mano, e lei mi lasciava fare, finché la mia mano non si faceva rossa come di sangue, allora Marlene me la baciava, me la puliva a sua volta, passandoci la punta della lingua.

... Dunque, allo specchio, pregustavo il piacere che mi ero ripromesso dopo l'uccisione del mastino. Mi vedevo vagabondare nel giardino non più profanato, tornato alla sua bellezza incontaminata, la bellezza che giustifica anche un atto delittuoso pur di apparire quella, assoluta, che una bambina vede in sogno. Mi ero creata l'illusione che le piante e i fiori mi avrebbero accolta festosi, che il cielo stesso mi avrebbe espresso gratitudine. La festa del giardino c'era, infatti, mi circondava amorosa, pronta a inebriarmi quando penetravo nel folto fitto, sarebbe bastato ricambiarla. E dapprima la ricambiavo, chiudendo gli occhi, colmando i polmoni fino a scoppiare con l'aria impregnata di mille profumi.

Poi, una parete si interponeva. La bora calava fra me e la festa delle piante e dei fiori, una lama maligna che mi toglieva il respiro, avvolgeva ogni pianta, ogni cespo fiorito, e io non riuscivo più a colmarmi i polmoni con i profumi delle fioriture. La bora piegava a sferza le piante, sostituiva i colori coi dorsi rovesciati delle foglie, che si trasformavano intorno a me incattivite in un ammasso di ombre. E mi parevano le stesse che io avevo attraversato la notte delle mosche sulla carcassa del mastino, e lo stesso il gelo che non scendeva dal cielo ma nasceva da me.

Dovevo tenermi a un albero perché la bora non mi trascinasse via. Rientravo a testa bassa alla villa.

Ma capitava spesso che dovessi fare un salto indietro. La vecchia giardinetta di Max spuntava di scatto dalla vegetazione, come se si fosse appostata per aspettarmi. Uno strepito di ghiaia falciata dalle ruote, l'ombra della giardinetta, e poi la giardinetta che mi sfiorava con esattezza millimetrica, e io ero costretta a guardare in su, dove Max era un profilo stagliato nella bora che l'investiva dal finestrino aperto, e non si girava verso di me, fingeva di non avermi vista. Solo un profilo nella bora, col suo mezzo sorriso.

Rientravo. Tornavo a fissarmi nello specchio. Mi strappavo via la maglietta attillata. Restavo davanti allo specchio con il mio piccolo corpo nudo.'

'Mia madre riappariva con mio padre dai viaggi per il mondo. Restava qualche settimana. Dal momento stesso del suo arrivo, le ripetevo:

«Non lasciarmi.»

Non era una preghiera. Ma come battere su un tasto del pianoforte, una nota solitaria e sospesa che si perdeva nell'aria: io l'accompagnavo con un bisogno di musica materna che potrei definire disperato, se già allora non avessi avuto il potere di distanziare da me l'eccesso dei sentimenti. E questa distanza mi sottraeva all'impulsività infantile. Mi risultava, tuttavia, più dolorosa del piagnisteo di una supplica. Non si può azzerare una passione, la si può ammaestrare per conviverci. Ma costa sangue. In un adulto, il conflitto può risultare chiaro e cosciente. In una bambina, si tratta di un istinto oscuro della sopravvivenza se non di una rassegnazione quasi impossibile.

La passione per mia madre sarebbe rimasta la più turbinosa. Anche se ben diversa dall'adorazione per mio padre. Lei mi scrutava alla maniera sua, piegando la testa da un lato, con una scossa dei lunghi capelli sulla spalla, come se volesse contemplarmi in prospettiva: con un affetto che doveva bruciarle dentro, ma che, come me, era costretta a distanziare. Io la vedevo bellissima. Mi dicevo: non vedrò mai più una donna così bella.

Con finta noncuranza mi rispondeva:

«E chi ti lascia, Sara?»

Invece mi lasciava. Per tornare, magari, dopo mesi. In questa assenza, che io ho sofferto più di ogni altra, mia madre lasciava dietro di sé, direi con un'ubiquità atmosferica, un sovvertimento dei sensi. Il suo sguardo grigioazzurro, con le pupille che mi apparivano minimi bagliori di una grande luce che doveva possederla (ma a volte ero costretta a scambiarla, al contrario, con un grande buio che aveva qualcosa di demoniaco, e mi sconcertava) era come se continuasse ad assalirmi negli angoli più impensati. E quando a lei non pensavo, la sua risata mi scoppiava intorno, per richiamarmi imperiosamente a pensarla.

La risata di disprezzo e di trionfo con cui rispondeva agli zii, quando a mezza bocca insinuavano una malignità o un insulto, e lei girava via la testa, rivolgendo la risata al vuoto, per dimostrare di ignorarli con un disprezzo anche maggiore.

Un suo ritratto dominava il salone. Marlene in piedi, in una vestaglia che lasciava intravedere il suo corpo nudo. Lo fissavo a lungo, mettendo tutta la forza possibile nei miei occhi, quasi avessi potuto ipnotizzare quelle forme, il seno, le gambe, le natiche, obbligandole a entrare dentro di me, a diventare forme del mio corpo.

«Tutta sua madre» udivo mormorare le zie alle mie spalle. «Già a questa età, tutta sua madre.» Dietro le porte, una loro risatina al veleno: «Diventerà puttana come lei».

Quante volte l'avevo sentita ripetere, quella parola. Un marchio enigmatico che mi turbava profondamente, la parola "puttana", un rompicapo a cui cercavo invano di dare un senso e un ruolo. Cadevo in un piccolo abisso, fra il livore nei corpi sgraziati delle zie e la perfezione della figura di mia madre.

Quando il salone era deserto, gli zii lontani dalla villa, mi ponevo sotto il dipinto, mi denudavo, e mettevo a confronto l'esserino che ero, ma già modellato con grazia, con la madre Marlene che mi trionfava sul capo. Ero la miniatura di mia madre. Con tale evidenza che il livore delle zie aveva le sue ragioni.

Partendo, Marlene lasciava in bell'ordine, nel guardaroba, i suoi vestiti appesi. Io scivolavo nel guardaroba e, di nuovo denudandomi, sceglievo via via un vestito e me lo lasciavo cadere addosso dall'alto. Le sete lucenti, le stoffe a macchie vivide di colore sembravano fatte del suo profumo. Mentre l'abito calava a sommergermi, quel profumo mi stordiva fin quasi a farmi perdere i sensi. Sete e stoffe si afflosciavano su di me, io ci sparivo, e intuivo anche questo: era come tornare nel ventre di madre Marlene, portata nelle viscere di un corpo che ora da me fuggiva via.

Un giorno, fu Ester a scoprirmi. Le mani della zia non erano morse nodose come le mani di Max, ma simili a forbici, le dita lame d'acciaio appuntite. Si fecero largo nella massa dell'abito e me le ritrovai intorno al collo, lungo le guance, quasi volessero sfregiarmi. Ester avvertì Lia. Mi furono addosso entrambe. Ed entrambe mi sollevarono: soffocavo sotto arabeschi, ricami, colori. Mi portarono come verso l'ara del sacrificio. Chiamarono, sghignazzando, zio Samuel:

«Corri a vedere. È già pazza come Marlene. Si è vestita come sua madre. Lo vedi l'istinto?... Già puttana come lei. C'è da non crederci.»'

Samuel era meno presente nella villa. Passava le giornate chiuso nel suo studio.

Attraverso le stanze correvano voci. Gente amica di passaggio, donne delle pulizie, lo stesso Max:

«Quell'uomo è malato. È andato peggiorando negli ultimi tempi. E le sorelle fingono niente. Com'è possibile tanta insensibilità?»

«Samuel è un'anima bella. Ma l'anima si è stancata. Gli è salita al cervello, e la testa non gli funziona più.»

«Per Ester e Lia, Samuel potrebbe anche morire. A loro importa solo di se stesse.»

«Samuel e Tommaso, due fratelli geniali, a modo loro. Che stanno perdendo la testa... A modo loro.»

A Sara dispiaceva che Samuel fosse meno presente. Era stato lui a favorire le sue telefonate col padre. Ricordava la prima volta. Samuel le aveva passato il ricevitore, dicendole, a sorpresa:

«Tieni, Sara, parla qui...»

Lei aveva fissato il ricevitore, con un presentimento felice, esitando.

«Parla con tuo padre.»

Il gesto per afferrare il ricevitore era stato troppo brusco, il ricevitore le era sfuggito di mano, aveva dovuto riprenderlo in ginocchio, sul pavimento. Sbagliando, impacciata, aveva dovuto girare e rigirare il ricevitore, per portarselo giustamente all'orecchio. Mentre usciva quella voce paterna che la colmava di gioia:

«Sara, Sara... Sono io, Tommaso... Ti voglio un bene dell'anima, Sara!»

E lei, finalmente:

«Ti sento... Anch'io sono io, sono io!»

«Arrivo presto... Non vedo l'ora di vederti e abbracciarti.»

A Sara non uscivano le parole. Soltanto:

«Anch'io!»

«Porta pazienza che arrivo...»

Lei aveva sbagliato a rispondere in fretta:

«Anch'io!»

Di nuovo il ricevitore le era sfuggito di mano. Era stata a fissarlo sul pavimento, mentre le parole del padre continuavano a uscire, ma lei non poteva distinguerle. Era scoppiata a piangere.

Ora le telefonate le prendevano Ester e Lia. Arrivava il momento in cui il padre chiedeva di Sara. Ma Ester e Lia sembravano avere una fretta indiavolata:

«Corri, Sara, corri... Tuo padre!»

E Sara accorreva. Imponendosi che il ricevitore non le sfuggisse di mano. Lo stringeva ben forte con le dita. L'accostava all'orecchio. La voce del padre Tommaso le entrava in corpo ed era tutta melodia, come quando – era un ricordo fra i suoi più vivi – l'aveva udita accompagnare, anche canticchiando le note, le musiche suonate al pianoforte:

«Ti penso sempre, Sara...»

«Anch'io... Ti aspetto. Ti aspetto.»

«Arrivo... Stai bene? Dimmi che stai bene. Ti trattano bene?»

Avrebbe voluto rispondere, senza sapere quale risposta dare. Ma Ester le strappava il ricevitore, con forza e autorità, e rispondeva per lei:

«Come se fosse figlia nostra. Stai tranquillo.»

Era chiaro che a tenere lontano momentaneamente

il padre non erano soltanto i suoi concerti. Ma ragioni molto serie, personali. Le zie lo riconoscevano, tuttavia avevano un acido tono di rimprovero col fratello Tommaso:

«Ci rendiamo conto. Però continui a tenerci col fiato sospeso. Perché continui a farti del male? Basta! Fallo finire questo supplizio... Sei sempre stato così abile a toglierti da questo tipo di guai.»

Sara se ne tornava via.

Si chiedeva quale fosse il supplizio che impediva al padre di tornare. Mesi che era assente. Si chiedeva anche per quale ragione, a quel telefono, non fosse mai madre Marlene a parlarle, a domandare di lei.

'La villa era sommersa dalle invidie e dai rancori che avvelenavano le zie. Avevano da ridire su tutti. Chi finiva nella loro rete risultava, in breve, biasimevole. Nell'atmosfera della villa, le vibrazioni negative che emanavano le zie si scontravano con gli echi solari di mia madre, e spesso li soffocavano. Si respirava aria malata. Guastarsi la vita per guastarla agli altri. Esiste, in certe donne, una sottile pazzia che ha un suo modo di esprimersi con una molesta ragionevolezza. Ma questo l'avrei capito più tardi. Per ora, dovevo limitarmi a sensazioni. Specie quando le stanze erano deserte, in penombra. E nello studiolo prossimo al salone, Ester leggeva a voce alta a Lia i suoi libri preferiti. I drammi di Ibsen, *Moby Dick*, *Le mille e una notte*, preferibilmente i *Racconti straordinari* di Edgar Allan Poe.

Lia preferiva *La maschera della Morte Rossa*.

«Perché, Lia?»

«Perché mi fa più paura.»

«Per te, la paura è un piacere?»

«Sì. Farla, la paura, mi eccita. Vorrei saperla fare con la sapienza di Poe. Ma anche subirla mi eccita, quando la si può ricambiare. È come l'amore. Se si impara la paura del peggio, si riesce a volte a prevenire il male.»

«Giusto. Un insegnamento.» Ester insinuava, con una risatina: «Dovremmo insegnarla a Sara, la paura».

«O fargliela provare. Con lei, siamo troppo arrendevoli.»

Ci riuscivano, in parte. Mi muovevo nella penombra. D'improvviso, il mio nome mi aggrediva. Gridato da punti diversi, con astio. Non mi cercavano, volevano semplicemente accanirsi col mio nome. Rendermelo pauroso. E io mi chiudevo gli orecchi e sbattevo gli occhi perché la penombra non fluttuasse intorno, facendomi apparire le segrete delle cupe abbazie, dei neri castelli che Ester evocava leggendo. La paura mi spegneva le fantasie. Soprassalti che non mi hanno più abbandonato. In certe circostanze, mi ripeto che la paura, quella vera, è assoluta, non necessita di trame, è anch'essa come battere su un tasto di pianoforte, e la nota non vola via leggera nell'aria, resta ferma, greve, con la sua coda lugubre di suono.

«Sara!... Sara!»

E io a me stessa: "Non devo aver paura".

Avrei voluto vederle morte come il mastino Max.

Ester e Lia non risparmiavano nemmeno zio Samuel. Leggendo una novella delle *Mille e una notte*, Ester commentava:

«Ecco, nostro fratello è un Aladino senza lampada. Non riuscirà mai a sposare la figlia del sultano della Cina. Eppure è un bell'uomo. Chi potrebbe negarlo, vero, Lia? Niente di peggio di un bell'uomo che non trasmette nulla.»

Seguiva quella risata senza letizia, che le accomunava.

«Il fatto è» continuava Lia «che a Samuel le donne non sono mai piaciute. Le odia, le donne. Peccato che Tommaso sia così diverso. Avrebbe evitato di rovinarsi con Marlene.»

Riferivo a Samuel i loro sgradevoli giudizi. Un po' mi vergognavo. Ma non avevo altro sfogo. A parte che la malignità contagia facilmente una bambina. Dicevo tutto d'un fiato:

«Sei un Aladino senza lampada. Peggio per te che non riuscirai mai a sposare la figlia del sultano della Cina. La conosci la novella delle *Mille e una notte*?»

A differenza delle zie, Samuel mi dava ascolto, anche se, mi pareva, più con affettuosa pazienza che con affetto:

«Sì, la conosco. Ma quelle non sanno che tutti si muore. E loro sono già morte.»

Provavo un brivido di soddisfazione. Lui stava parlando al posto mio. Non mi fermavo:

«Vogliono farmi paura.»

«E tu non dargliela vinta.»

«Dicono anche che le donne non ti piacciono. Che le odi, le donne. Perché non ti hanno mai degnato.» Aggiungevo di mio: «Le donne, per te, sono tutte brutte scimmie come le zie».

Sorrideva, con noncuranza:

«Chissà, forse è vero. Glielo dirò...»

«Che sono brutte scimmie?»

«Sì. Così la smettono. E ci lasciano in pace.»

In un'occasione, fui pronta a insinuare, sempre di mio:

«E se una è bella, per te è una puttana.»

Misi l'accento sulla parola. Speravo di averne finalmente una spiegazione. Avevo sorpreso Samuel in bagno, mentre si stava radendo. Bloccò il rasoio sulla guancia. Nello specchio, i suoi occhi ebbero un lampo. La noncuranza di poco prima si trasformò in stizza. Rispose, più a se stesso che a me:

«Quanto alle puttane, non sono mai stato come tuo padre.» Si girò, con rabbia: «Mai!».

Mortificata, andai a sedermi sul bordo della vasca. Ripetendomi, con dolcezza, la parola che insisteva a restare chiusa come in una scatola misteriosa:

«Puttana, puttana... Ma che vuol dire?»

Samuel restò un attimo col rasoio impugnato in aria. Poi tornò in se stesso, si precipitò ad abbracciarmi:

«Scusami, Sara. Non volevo.»

L'Aladino senza lampada a suo modo mi voleva bene. E gli chiesi:

«Vorrei che, un giorno, mi parlassi di mio padre.»

«Quando vuoi, Sara. Vieni a trovarmi, quando vuoi.»

Inoltrarmi verso lo strano studio di zio Samuel era stato, all'inizio, un gioco che mi divertiva. Per infastidirlo. Inoltrarmi: non c'è altro modo per descrivere il tragitto che dovevo compiere. Farmi largo fra gli arbusti fitti. Costeggiare un acquitrino. Saltare un fossato. Raggiungere una parete di calcare. Da un'inferriata a livello del suolo, si intravedeva un locale sotterraneo. Aveva l'aspetto di una grotta. Un ultimo schermo di muschio e Samuel mi appariva seduto a una piccola scrivania. Spioveva un raggio di luce che lo rendeva un po' magico. O almeno ero io che lo vedevo così.

Battevo all'inferriata. Lo chiamavo. Muovevo la mano in un saluto. Lui si scuoteva dai libri e dai fogli che aveva davanti. Mi restituiva il saluto con un cenno. Mi sorrideva. A volte mi mandava un bacio distratto. Per entrare, si scendeva qualche gradino, si premeva un pulsante. Una porta scorreva nella parete di calcare. Non avevo mai avuto il coraggio di premere il pulsante. Fuggivo via, Samuel aveva rispetto per me, e io rispettavo la sua solitudine.

Ma, ora, era stato lui a invitarmi.

Scivolai all'interno. Mi guardai intorno sconcertata. Il soffitto era fatto di radici che si contorcevano nell'aria. Vi ravvisai i tentacoli di una piovra. Raffiguravano, alla perfezione, i tentacoli del rancore e dell'invidia delle zie.

Samuel seguì i miei sguardi:

«Ti starai chiedendo perché mai mi isolo qui.»

Non me lo stavo chiedendo. Ero solo sorpresa. Continuò:

«Uno, qui, è già sottoterra. Fuori dalla vita. Fuori da zie meschine, giardinieri dalla faccia patibolare, mastini da uccidere» mi scrutò, io abbassai subito lo sguardo, «bambine adorabili ma forse troppo precoci, lasciamelo dire, non c'è rimprovero, madri incomprensibili, fratelli geniali ma troppo deboli...»

Il suo tono. Aveva una malìa che mi coinvolse subito. Scioglieva nella serenità anche le allusioni scomode. Devo ripetermi: era l'adagio cantabile improvvisato su un pianoforte. Non era mai successo che Samuel parlasse in quel modo. Più esattamente, quel tono non lo avevo mai udito da nessuno. Certo, l'ambiente influiva.

«Se sei venuta, Sara, devi consentirmi di parlarti come si parla non a una bambina, ma a una donna. Con sincerità e verità. So bene che il significato di quanto ti dirò potrà riuscirti difficile da capire. L'importante non è il significato. È il senso. L'importante è che tu colga il senso...»

«Sì.»

«Questa grande stanza è la lampada che mi manca, a sentire Ester e Lia. Ti sembrerà assurdo, ma qui sono Aladino con la lampada.» Girò lo sguardo:

«Ascolta... Ascolta con attenzione.»

Ascoltai. Non veniva alcun suono.

«Qui è il silenzio, Sara. Il mondo che vive sembra tacere, come per sempre. Anche i suoni della natura, il canto degli uccelli nel giardino, che sei tu a vedere come un paradiso in terra, mentre sulla terra non esistono paradisi, ricordalo, te ne accorgerai... Ogni suono che non nasce dentro di noi, e ci viene imposto, qui non esiste.» Precisò: «Io ho fatto in modo che non esista».

Scuoteva la testa. Cercava di rendere il più chiaro possibile il senso di ciò che intendeva comunicarmi. Insoddisfatto. Si rendeva conto che era impossibile ridurre alle dimensioni di una bambina il fantasma di donna a cui si stava confidando, un fantasma che doveva essersi costruito tante volte nella sua solitudine, parlando al vuoto:

«Rinuncio a spiegartelo. Ma te lo dico lo stesso...

Io sono nato col silenzio nel sangue. La mia mente, la mia coscienza, la mia fantasia, pieni di silenzio. Da straripare...»

Per lunghi istanti non aggiunse parole. Nemmeno le cercava. Umiliato nel suo piccolo delirio in cui si scopriva impotente. Gli dissi, provando tenerezza:

«Continua, Samuel.»

Avrei dovuto dirgli, invece, che il senso del suo sfogo non mi sfuggiva, oltre che per l'espressione del suo volto, lo sforzo dei gesti, proprio per il tono della sua voce. Quel tono diventava un alfabeto anche mio. Si piegò sulle ginocchia. Me lo trovai alla mia altezza. Appoggiandomi le mani sulle spalle, tornò lucido:

«Tu sei una bambina che può capire ciò che vuole, se vuole. Lo so. Vieni.»

Mi prese per mano e mi condusse alle pareti della camera grotta. Tappezzate di fotografie di mio padre e di locandine dei suoi concerti:

«Mi hai chiesto di parlarti di tuo padre. Bene, queste pareti parlano per me... Tutta la musica che la vita mi ha negato, è nata dentro di lui, tuo padre... La vita, nel dispensare se stessa, è crudele, Sara. Ricorda anche questo!»

Gli occhi mi caddero su un ingrandimento fotografico. Samuel esclamò:

«Eccolo, Tommaso. Ammiralo.»

Mi sconvolse la bellezza di quell'uomo che stentai a riconoscere. Il volto stagliato, l'espressione compenetrata e austera, il mento appoggiato con leggerezza alla mano dalle dita lunghe e flessuose: lo strumento primo della musica. Mio padre stava seduto davanti a un pianoforte, il gomito sulla tastiera in parte immersa nella penombra. Di un bianco splendente gli ultimi tasti sulla destra.

«Tommaso!» tornò a esclamare Samuel.

Mio padre non guardava l'obiettivo, era calamitato da un punto a mezz'aria, un punto che doveva racchiudere la sua musica, mi dissi, e che curiosamente coincideva con la mia altezza. Sembrava scrutarmi.

«È bello, vero? Questa immagine è di una celebre fotografa ungherese che ha immortalato nei suoi ritratti i più importanti personaggi del Novecento.»

Samuel si spostò verso le allineate locandine dei concerti:

«Un giorno saprai leggere. Conoscerai cosa significa l'arte. I nomi degli artisti che restano nel tempo... Come possa essere immenso il genio dell'uomo quando si manifesta con i suoni che nascono dentro di lui.»

Passammo di locandina in locandina:

«Guarda, locandina di un concerto sinfonico tenuto da tuo padre al Teatro La Fenice, una delle sue rare collaborazioni con Herbert von Karajan... E qui i concerti di Rachmaninov e Ravel.» Ora citava per un'euforia solo sua: «Chopin, *Ballata numero 1 in sol minore, opera 23*, a Londra... Claude Debussy, *Préludes*... Domenico Scarlatti, le *Sonate*... Mozart, *Concerto numero 13 in do maggiore per pianoforte e orchestra K 415*, orchestra del Maggio Musicale Fiorentino...»

Si rese conto che l'esaltazione l'aveva distratto da me. Mi aveva distanziato alle sue spalle. Mi portò di fronte a un altro ingrandimento fotografico:

«Anche qui Tommaso è riuscito benissimo. Questa dietro di lui è Londra, vedi? Tuo padre vi tenne due concerti, alla Royal Festival Hall.»

Sullo sfondo del Tamigi, mio padre si teneva chiuso il bavero del cappotto. Il gesto mi intenerì. Mi concentrai su quel freddo che stava provando, quasi mio padre fosse stato bambino come me. Ci sedemmo da una parte. Chiesi:

«Ti ha fatto molto soffrire non essere come Tommaso? Non starci tu al posto suo?»

«Sì. Per anni, fino al rancore. Tempi in cui l'ho persino detestato. Sono arrivato al punto di desiderare che morisse. Poi, a pensarlo, a sapere dei suoi successi, ho cominciato a provare una pace che mi consolava, una pace che mi veniva ascoltandolo al pianoforte, ma anche da più lontano, dal mio silenzio più profondo... Assurdo opporre sentimenti meschini alla purezza, alla grandiosità della sua musica. Mi sono detto: è mio fratello, ha il mio stesso sangue. Devo essere felice. Non allontanarlo da me ma, al contrario, farmelo vicino il più possibile; che entri addirittura nel mio silenzio così vuoto di armonie. Se il mio sangue è lo stesso del suo, immedesimarmi, sarà come creare...»

Mi scompigliò i capelli con un sorriso:

«Scusami. Ti sembreranno astrusità di un pazzo.»

Avrei potuto rispondergli che le stesse immedesimazioni, oscure e astratte, già le stavo vivendo anch'io, a livello di percezione, con la figura di mia madre. Più tardi, ho letto una poesia che dice: "... la vita / ci scruta dal fondo del suo specchio / dove riflette solo chi ci manca". È proprio così. Più vado avanti, più scopro che è vero. Comunque, io allora non ero in grado di giudicare, ma di afferrare certi particolari, sì. E qualcosa mi mancava. O meglio, si trattava di un'esclusione ingiusta:

«Qui ci sono tante belle fotografie. Ma nessuna con mio padre insieme a mia madre.»

Samuel si zittì. Lo avvertivo: si stava allontanando da me, si spezzava il legame che, fino a quel momento, ci aveva uniti, ed era stato un legame miracoloso. Ritrovò la parola dopo un lungo silenzio:

«Tua madre... So che è un tuo idolo. Che hai una passione per lei. Comprensibile, in una bambina. Ma continuando a parlare alla donna che è già in te, e fra qualche anno sarà in grado di comprendere, ti chiedo: sei sicura che tua madre meriti questa passione?»

Mi imposi di non rispondere. Samuel continuò:

«Ascoltami ancora, Sara. Nessuna donna si è mai innamorata di me. Nessuna che io possa almeno ricordare con gratitudine e con piacere. Perciò Ester e Lia dicono che io odio le donne. Ma è falso, anche crudele. Semplicemente non ho sollecitato particolari interessi femminili. Non l'ho voluto? Non ci sono riuscito? Resta il fatto che le zie non mi hanno mai visto portare una donna in casa.»

Mi commuoveva tanta amarezza. Gli strinsi una mano, riconoscendo che era un gesto goffo, un po' ridicolo.

«Così le donne non posso dire di conoscerle. Ma conoscerle dev'essere difficile... Tuo padre, per esempio. Per lui, tante sono impazzite. E tante ne ha avute. La sua fama, la sua prestanza fisica. Le cambiava in continuazione... Eppure, che fine ha fatto? Un giorno, ha perso la testa per tua madre... Che si è impadronita della sua grandezza, della sua musica, che lo maltratta, gli impone i suoi capricci, lo fa soffrire di gelosia, in qualche caso lo ha tradito. E non lo ama. Ha la sfrontatezza di dirglielo in faccia, che non lo ama... Ma lui ci ride, di questo. Per non perderla.»

Mi mancava il fiato. Samuel si accorse che tremavo tutta. Che la passione per madre Marlene, a dispetto delle sue parole, resisteva alle lacrime che mi scendevano, senza che potessi trattenerle.

Io, un piccolo essere che tutti vedevano ancora senza età e senza coscienza. Che avevo già detto, di un mastino repellente, «Bisogna ucciderlo». Un incubo, quei momenti. E intorno a me non ci furono più l'enorme camera, lo zio, le fotografie e le locandine di mio padre. Ero io, sola e bambina, con quella dannata parola che era diventata una mia fissazione puerile, perché marchiava mia madre. Per gelosia, avrei voluto gridare, per invidia. Mi uscì, con un filo di voce:

«Puttana...»

Samuel fece per abbracciarmi. Lo respinsi.

«Dimmi cosa significa questa parola!»

«Io credo, Sara, che esistano soltanto uomini deboli. Che la debolezza, nella vita, sia la condanna peggiore.

E tuo padre è un debole, lo è sempre stato. È il prezzo che paga per la sua grandezza.»

Mi prese il mento. Lo girò perché potessi fissarlo negli occhi:

«Tommaso, un debole!»'

Di notte, ora.

Rivedeva l'incontro con Samuel. L'incubo di essere chiusa con Samuel in una tomba. E Samuel non era più l'uomo che le parlava quando era in luna giusta. Un uomo nuvola, invece, che andava per nuvole, ma imprigionato sottoterra, dove deve esistere un oceano con le sue acque misteriose dell'anima e nuvole nere di angoscia e di rinuncia alla vita che si specchiano in quell'immensità che sfuma nella follia.

Questo diceva l'incubo di Sara, che forse era sogno.

Si svegliava di soprassalto. O forse credeva di svegliarsi. Gridava:

«Samuel!»

Come per avvertirlo di fuggire dalla sua prigione. E non le importava di essere davvero sveglia. Non le importava che si trattasse, piuttosto, delle sue piccole o grandi *stregonerie*, fenomeni di presa di coscienza al di là della ragionevolezza, facili specie in una bambina, che non avrebbe mai saputo definire altrimenti, nemmeno da adulta.

In questo sonnambulismo dell'anima, sentiva di voler bene, più che mai, a Samuel. E avrebbe voluto avere mille anni, e una forza divina, per poterlo aiutare.

Si stava alzando veramente dal letto? Si stava aggirando realmente per la camera? Era vera la voce che la stava avvertendo dall'ombra, col tono di Samuel che l'aveva ammaliata, per ripagarla del suo slancio amoroso: "Non guardare... Fingi di non vedere, non udire. Non dare importanza"?

Invece stava accorgendosi della fotografia che una

mano aveva fatto scivolare sotto la porta, la stava guardando.

"Ester e Lia sono crudeli, Sara. Tu lo sai."

Era una fotografia che già conosceva, anche se non avrebbe potuto dire dove e quando le era apparsa. Correggeva, o smentiva, le immagini con cui Samuel aveva tappezzato le pareti del suo studio. Vi appariva suo padre. Ma senza l'aureola celebrativa che lo esiliava in un passato come già chiuso e solo memorabile, destinato al suo culto. Immagini votive. Proprie di una tomba.

Era Tommaso che stringeva fra le braccia madre Marlene, alla fine di un suo concerto trionfale, e Marlene a sua volta lo stringeva a sé, ma come per prevaricarne la figura, quasi che gli applausi intorno fossero per lei, e fosse stata lei a incantare la platea. Gli occhi di Tommaso brillavano non per il consenso alla propria arte, ma per l'orgoglio di possedere una donna di tanta bellezza, la più bella di quante avevano diviso, in passato, i suoi successi.

Tommaso e Marlene, insieme. Una delle foto che mancavano nella serie di Samuel.

Ma sulla figura di Marlene una mano aveva tracciato una parola: "Puttana".

Non c'era più nessuna fotografia, la mattina, quando Sara riaprì gli occhi, girò intorno lo sguardo. Il sole invadeva la camera. Sarebbe stato un giorno di sole, in quell'inverno che si manteneva freddo, con assalti di bora.

La stregoneria del piccolo cappotto rosso

Ne aveva, di queste sortite, mia madre

'E dunque veniva giù il nevischio.

Avevo afferrato da certe frasi di Max dove si trovavano le puttane. Max rideva, alludeva con tipi della sua specie. Gettavano occhiate a me, che me ne stavo da una parte fingendo di non ascoltare, poi scrutavano dove Max indicava: verso il confine con la campagna. Avevo indossato il cappotto rosso vivo. Un regalo di mia madre. Era arrivata reggendolo come una bandiera e mi aveva detto: «Mettitelo, così sconcerterai tutti, perché è proprio rosso fuoco, e penseranno: "Stramba, questa bambina", però non passerai come una bambina qualunque, porterai la stranezza mia e tua, e anche nel buio potranno vederti da lontano».

Ne aveva, di queste sortite, mia madre.

E a modo mio intendevo ciò che lei intendeva. La villa era colma di ombre. Oltre che nelle stanze e nei labirinti dei corridoi, nell'anima di chi la abitava, e l'importante era distinguersi, non lasciarsi sommergere dalla furtività oscura, anche indossando un abito, tanto che i vestiti di madre Marlene spiccavano con vistosi capricci di colore.

Amavo molto quel cappotto rosso. Me lo stringevo addosso quando mia madre non c'era, e le zie si aggiravano sul fondo sospettose, e nella villa non circolava il freddo dell'inverno. Mi sistemavo in modo da apparire visibile a sorpresa, persino in certe giornate afose d'estate, avvolta da quella che credevo una bandiera materna, simile alle risate squillanti con cui Marlene ci faceva sussultare.

Le zie non potevano che scrutarmi sconcertate. E questa era già una piccola vittoria. Che non riuscissero a capacitarsi, a inquadrarmi nella logica, costrette da me a formulare ipotesi fra la stravaganza e lo sberleffo.

Sgusciai dalla cancellata. Attenta a procedere sotto i lampioni illuminati che via via facevano esplodere, dal cappotto, piccoli bagliori. In tal modo non mi sentivo né furtiva né in colpa per la bravata a cui mi ero decisa. Saltavo agli occhi. Chiunque poteva facilmente avvistarmi, fermarmi e riportarmi indietro. E se nessuno era attento, o non si prendeva cura di me, colpa sua.

Max aveva descritto esattamente il luogo.

Erano i miei primi passi nel mondo che esisteva oltre la villa, che immaginavo immenso, pieno di sorprese e trappole. Pensavo che mi avrebbe sgomentato. Specie in quel caso, visto che, nella mia incoscienza, avrei cercato di strappargli rivelazioni proibite. Ma più procedevo, più mi veniva in soccorso una clemenza delle cose. Persino il nevischio scendeva con indulgenza sul mio cappotto e quasi non avvertivo i minuscoli aghi di ghiaccio che il vento mi spingeva contro la faccia.

Mi ero lasciata alle spalle i lampioni. Ai margini della strada, ora avanzavo fra una vampa e l'altra dei fuochi improvvisati dalle puttane.

Un folletto rosso che non provava timore.

Le fiamme mi ricordavano le storie che Max raccontava ai suoi compari. Un tempo, quelle sciagurate venivano incenerite nei roghi, come streghe: "Ci sarebbe stato da divertirsi" si esaltava. "Vederle mentre si contorcevano, supplicavano, aizzarle col forcone, finché non si facevano cenere da buttare al vento. E così sia."

Quando il mio cappotto rosso uscì dal buio, il chiacchiericcio delle donne si zittì, e gli uomini presenti, senza mostrare sorpresa, si fecero da parte. La sorpresa fu mia. Mi stavano accogliendo con la stessa indulgenza con cui scendeva il nevischio. Ripensando, ora, alle prime immagini di ciò che mi ero figurata un inferno, posso affermare che si trattò di un assurdo rispetto alla vista di una bambina sbucata come da un sogno.

Anche i fuochi, anziché fetore, esalavano un gradevole profumo di ginepro. Ero così tranquilla che valutai anche questo dettaglio, mettendolo a contrasto con le deliranti menzogne di Max, che si era esaltato nel descrivere il tanfo della carne femminile bruciata nei secoli delle streghe torturate. Una puttana mi chiese, con gentilezza:

«Ti sei persa, piccola?»

«Sì» mentii.

«Da dove vieni? Non hai una famiglia?»

Una domanda a cui potevo rispondere senza mentire:

«No. Non ce l'ho, una famiglia.»

«Una madre ce l'avrai.»

«Mia madre viene così poco a trovarmi.»

Intervennero le altre:

«Come mai? Non ti vuol bene? Come si può non voler bene a una bambina così bella?»

«Che mi voglia bene, ci credo.»

«Allora cos'è, glielo impediscono? La legge glielo impedisce?»

Mi venne:

«Il mondo l'attira.»

Equivocarono, credo, e io sperai che l'equivoco si protraesse. Dovevo arrivare, quella notte, a risolvere l'enigma di una parola.

«Quale mondo, piccola?»

Risposi da sciocca, e l'equivoco svanì:

«Forse non le basto io. Anche se, come dicono, sono il suo ritratto sputato.»

Gli uomini commentavano:

«Intelligente. Parla già come una grande. Non sembra neanche vera.»

Mi ero azzardata per ottenere una rivelazione, ma l'incontro si manteneva estraneo al mio scopo. Non avevano fatto caso nemmeno al mio cappotto rosso fuoco. La scena in cui mi trovavo immersa non aveva attinenza, perlomeno fino a quel momento, con le congetture a cui mi spingevano le malignità su mia madre, e quella parola, quella parola... Stavo di fronte a una realtà senza mistero, al punto da togliere mistero allo stesso buio della notte. Al contrario, la sprezzante parola che condannava mia madre, appena la udivo mi sconvolgeva i sensi, mi accendeva acerbe fantasie su esistenze luciferine, diaboliche. Sull'ambiguità, come un dio.

«Cosa possiamo fare per te?»

Già allora non mi mancava questo tipo di prontezza. Più mi manca una risposta logica, più improvviso:

«Vorrei che qualcuna di voi cantasse per me.»

Non ebbero incertezze. Indicarono una puttana nera:

«Canta, Darina. Canta tu per questa bella bambina che si è persa.»

La puttana nera si avvicinò e mi passò una carezza. Fu bello vedere il nevischio cadere su una puttana nera che cantava una canzone della sua terra. Cantava con sincerità. Cercava di trasmettermi la nostalgia che stava provando. E io la provai con lei. Senza sapere per quale ragione la stessi provando.

Mi trovai nell'abbraccio di un'altra, che mi tenne stretta come una figlia. Infatti disse:

«Anch'io ho una figlia della tua età. Ma faccio il possibile per starle accanto.»

Sembrava la regina del gruppo, quella che mi chiese:

«Hai fame?»

Non avevo fame. Lo stomaco chiuso come dal cemento. Ma risposi:

«Sì. Ho fame.»

C'era un tavolino da una parte, protetto da una tettoia di canne. Al centro, una torta che languiva, già un po' disfatta. Con una candelina conficcata, che continuava a restare accesa.

«È per Darina che compie gli anni.»

Presero a divorare la torta, staccandone pezzi che si scioglievano fra le dita. Io mangiai il mio pezzo, lentamente, assaporando il disgusto che ne provavo.

Mi stavano avvolgendo in un'atmosfera materna, mi stavano disorientando in quella atmosfera.'

Una *stregoneria*, delle sue.

L'afferrò, istantanea. Se l'immaginò come la mano di Max, scura, grande, nodosa, un ramo staccato dal corpo di un albero. Ma non poteva essere di Max la voce che le insinuava parole con un tono educato. Forse era di Samuel...

"Marlene non è solo quella che, quando ritorna fra noi, dice di amarti, Sara. È anche la distrazione da te, le sue distrazioni che ti fanno soffrire... Anche la distrazione da se stessa, dalla sua dignità, come se nella sua mente scattasse un clic che mette in moto una voglia perversa di cose disonorevoli, uguale alla bora quando ti assale, ti lascia intontita, e non puoi farci niente, sei quella bora che ti trascina, ti colma di brividi."

Quando origliava nella villa, Sara le aveva già ascoltate quelle chiacchiere, anche da Max, lei nascosta dietro la siepe, lui nel giardino a vantarsi con i suoi compari, mischiando il suo dialetto al parlare corretto, com'era lui nella vita, a volte lercio a volte ganzo, a volte coperto di stracci a volte vestito a puntino, in giacca e cravatta, ben pettinato, ben rasato. Come la notte che si erano ritrovati sul mastino dalla gola tagliata.

Sara si rendeva conto che Darina la stringeva accanto a sé, in un angolo, per proteggerla. La sua voce, confusa alle altre immaginarie, la rincuorava:

«Ma che hai, piccola? Adesso passa... Adesso passa.»

Tuttavia, Max le appariva tra i fuochi, a dettar legge, come quando stava nascosta dietro le siepi, e forse lui sapeva che stava nascosta. Continuava a vantarsi: "Io vado là e me ne faccio quante ne voglio, e nemmeno mi fanno pagare, per le oscenità che il capriccio mio brutàl pòl inventàr, e perché ce l'ho come un palo, e sfido chiunque a competere con me, e tutte le mone son lì, come mosche sul mio tanto de casso... Chi mi cojona a me, nessuno. Vado odoro gusto...".

E Max citava il Giorgio Baffo, per vanteria, forse sapendo a memoria semplicemente qualche strofa del Baffo, insigne poeta della mona nato secoli prima nella sua terra veneta, anche se nessuno dei compari sapeva qualcosa di questo Baffo. Apriva le braccia, Max, e si muoveva intorno recitando: "Oh bella Catte, che col pelo biondo / ti xe vegnua a ferirme i occhi, e il cazzo / fammi veder el buso rosso e tondo / scoverta tutta senza gnente al mondo. / Oh che bel cazzo! Oh siestu benedetto! / Mi chiavo le puttanazze in tante forme".

E aggiungeva che dal pozzo nero della mona "Vegnui nu semo al mondo tutti eguali, / semo tutti mortali".

Che ascoltasse, Sara, sembrava intestardirsi Max nella *stregoneria* che si stava producendo nella bambina; che ascoltasse bene, dietro la siepe, per la prima volta nella vita sua, mona e oselo e cazzo e sfesa. E sapesse, Sara, che s'intestardiva per arrivare a sapere, che Marlene, come quelle donne che la circondavano, portava una mona gigante e, per di più, di maestà regina, con tanto di nome per ogni attributo.

La *stregoneria*, con le sue visioni, dilatava i sessi che le donne esibivano, come se le sciabolate di un sadico avessero squarciato il ventre di ciascuna. Il cuore di Sara batteva all'impazzata. Aveva fissato tante volte il corpo di sua madre. Nel ritratto appeso in salone si poteva intravedere l'ombra del suo sesso velato. Marlene le si mostrava nuda con noncuranza, ma lei, attratta dalla sua bellezza, dalla perfezione delle sue forme, non aveva mai prestato attenzione all'apparato genitale, mai avuto coscienza che la peluria del pube nascondeva il suo sesso.

Il *marchio malefico*, come ripeteva la voce di Max. Nella madre Marlene come in quelle donne che lo stavano smascherando, compiaciute di mostrarlo, metterlo anche sotto gli occhi di Sara. E al marchio di ciascuna Max, nel delirio, attribuiva il clic, il *morbin*: le turpi fantasie che afferrano il cervello e i sensi, a cui bisogna obbedire se una è davvero puttana. Ecco un senso alla parola che ossessionava Sara.

E anche Sara, chissà, prima o poi l'avrebbe provato, il *morbin*. Avrebbe dovuto ubbidirgli.

E ora tutto si ricomponeva, le visioni si dissolvevano nella realtà.

Darina stava seduta al suo fianco, di fronte al tavolino dove la candela del compleanno ancora languiva, benché della torta non fossero rimaste che briciole sparse. Le donne erano quasi tutte scomparse nelle automobili dei clienti. Avevano lanciato a Sara saluti e baci. Darina le appoggiò la mano gelata sulla fronte:

«Scotti. Hai la febbre.»

Sara aveva la testa in fiamme.

«Di colpo, sei sbiancata. Stavi per cadere. Un piccolo malore. Come un colpo di sonno.»

«Mi sono mancate le forze. Non ho capito più niente.»

«Un incubo.»

«Cos'è un incubo?»

«Come un brutto sogno che in genere dura poco. Succede, nei bambini, quando si trovano in situazioni più grandi di loro. E sono costretti a capirle... Crescere, da bambini, significa avere incubi. Vivere, da adulti, significa avere incubi.» Rise, Darina: «Non cambia mai niente, piccola».

Le aggiustò il cappotto rosso.
«Dove stai di casa?»
Glielo indicò. Darina la prese per mano:
«Andiamo.»
Si accorse che Sara stava piangendo. Scrollò la testa:
«Avessi io la tua felicità di piangere, almeno qualche volta.»
Arrivarono alla cancellata della villa. Zio Samuel, inquieto, andava su e giù dietro le sbarre. Esclamò:
«Ma si può sapere dove diavolo...»
Si zittì, individuando la puttana nera. Darina le diede un ultimo bacio in fronte. La passò a Samuel che prese Sara fra le braccia con gentilezza. Disse a Darina, senza chiederle nulla:
«La ringrazio.»
Un colpo di vento spalancò i lembi del cappotto di Darina, mostrando un lampo della sua nudità nel punto in cui le gambe si congiungevano sotto il ventre. Samuel girò via la testa per non vedere. Soltanto a un certo punto del viale, ritrovò la voce:
«Questo cappotto rosso ti porta a combinare stranezze, vedo. Anche se mi fido di te... Promettimi che non lo indosserai più. E se proprio hai bisogno di risposte, conta su di me.»

L'amore per Samuel

La febbre le scomparve durante la notte, Sara si svegliò con emozioni in conflitto, da certificare. Avrebbe voluto raccogliersi in se stessa. Ne avvertiva l'urgenza.

Ma se Villa Kar la chiudeva a lungo entro i suoi confini, accadeva, a volte, che fosse costretta a brusche uscite, Samuel sbucava dal suo studio sotterraneo e le ordinava:

«Svelta, vieni con me.»

Sara doveva seguirlo, a Trieste e dintorni. Mentre Samuel le sembrava trafficare con certe sue incombenze che non la riguardavano, lei lo aspettava in automobile. Per lo più, si addormentava. Non capiva a cosa gli servisse la sua presenza. Gliel'aveva chiesto. Aveva risposto, enigmatico:

«So io. Non farti domande. È necessario.»

«Cos'è necessario?»

«Che tu sia con me, e io con te. Fuori da quel tugurio. Altra aria.»

Lo scopriva soltanto in quelle occasioni? Non si conciliava col fatto che, appena tornati alla villa, lui correva a imbucarsi. Una bambina annoiata, che s'addormentava in macchina, le pareva più un peso che altro. Tuttavia capitava che, rimesso piede nelle stanze in penombra, Sara si trovasse immersa in un'aria di burrasca appena sfogata: fra le zie, o forse fra le zie e Max, o altra gente. Allora si diceva: Samuel ha voluto evitarmi scenate e litigi.

Quella mattina, Samuel entrò in camera sua più determinato del solito:

«Vestiti e accompagnami.»

Sara domandò:

«Per andare dove?»

«All'aeroporto.»

Salirono in macchina e puntarono su Ronchi dei Legionari. Samuel cercava, senza riuscirci, di dissimulare l'inquietudine. Controllava di continuo l'orologio.

«Partiamo noi o deve arrivare qualcuno?»

Non rispondeva. E lei, senza dargli tregua:

«Dimmi chi deve arrivare. Di così importante.»

In vista dell'aeroporto, Samuel esclamò:

«Aspettiamo. E speriamo in Dio.»

Aspettarono a lungo. Atterrò un aereo. Un altro. Samuel andava e veniva dal tabellone degli arrivi, dal banco delle informazioni. La sua agitazione aumentava.

«È mio padre che deve arrivare? È Marlene?»

La portò a sedere a un tavolino del bar:

«Tu stai buona qui.»

Non arrivò nessuno. E lui venne a prelevarla con l'aria prostrata, ripetendo:

«Mi dispiace, Sara... Mi dispiace per te.»

Lei reagì con insofferenza:

«Per me? Per me non si dispiace nessuno.»

«Lo so. Potrei dire lo stesso di me. Ma la faccenda di questa mattina è più grave del solito. Non mi piace questa storia.»

C'era abituata. Che valeva chiedersi di quale faccenda si trattava, e il perché di tanto dispiacere? Ma inutile pretendere spiegazioni. Samuel era drastico quando si chiudeva nei suoi enigmi come nello studio sotterraneo.

Il mondo insisteva a non spiegarsi. Non le restava

che concludere: peggio per il mondo. Conclusione che, tuttavia, ogni volta la feriva.

Tornarono in macchina, ma Samuel non fece subito ritorno alla villa. Prese a vagare senza meta, concentrato in se stesso. Per placare il suo turbamento. O come se cercasse un'ispirazione. Sara si addormentò. Si svegliò di soprassalto a una brusca frenata:

«Il Castello di Miramare!... Guardalo bene, Sara.»

«Perché dovrei guardarlo?»

«Guardalo non perché devi. Ma come se fosse una delle tue visioni che poi ti tormentano nel sonno.»

«Che ne sai delle mie visioni?...»

A Samuel sfuggì un sorriso:

«Visioni, incubi, stregonerie... Tu parli, nel sonno.»

Anche a Sara sfuggì un sorriso:

«Entri in camera mia quando dormo? Vieni a spiare il mio sonno?»

Lo disse con la serenità un po' assurda come quello scambio inaspettato, che avrebbe dovuto invece sorprenderla. C'era affetto, c'era dolcezza in quello scambio.

«Vengo e ti rimbocco le coperte. Spengo la luce che ti dimentichi accesa... Quando è necessario, mi siedo da una parte e controllo che nessuno possa entrare a turbarti, farti brutti scherzi.»

Le venne da dire:

«Allora mi vuoi più bene di quello che sembra.»

«Credo proprio di sì, Sara.»

Ora, Samuel era stranamente in vena di parole. Euforico. O meglio, si imponeva un'euforia nel raccontare che il bianco Castello da favola e il suo parco lussureggiante che si affacciavano sul mare battuto dal vento, erano un vanto dell'Arciduca Massimiliano d'Asburgo, fratello dell'Imperatore d'Austria Francesco Giuseppe, che li aveva fatti costruire a metà dell'Ottocento. Per farne omaggio a sua moglie, Carlotta del Belgio.

Sara non poteva negare che una suggestione le veniva dal Castello: sembrava attenderla, forse per merito di Samuel che, a sorpresa, le aveva prospettato la costruzione come una delle sue visioni. Lui la fece scendere. Si avviarono.

«Entriamo, Sara. È necessario.»

L'impulso a fuggire scomparve non appena cominciarono a salire per lo scalone d'onore. La suggestione si trasformò in una malìa che la raggiungeva non soltanto dai saloni della residenza principesca, dalle stoffe azzurre che le apparivano a lampi, e lei amava in particolare l'azzurro degli arredi, ma dal passo e dai gesti di Samuel, che le stava facendo strada per una ragione tutta sua, diversa da una semplice visita. Si aggiungeva il solito vizio della sua fantasia a cui bastava un pretesto da nulla per crearle intorno un'atmosfera di maschere, travestimenti fiabeschi, lanterne magiche.

Le magie che sapeva crearsi lei – lo capì più tardi – la riscattavano dalla colpevole, finta magia della vita.

Seguì Samuel in un'esplorazione che risultava via via più fascinosa, mentre lui continuava a raccontare:

«L'Arciduca Massimiliano era a suo modo geniale. Ma debole come uomo. Sua moglie Carlotta, figlia del re del Belgio Leopoldo, definita la più bella principessa dell'Europa di allora, era tormentata da una predisposizione alla follia. La sua ambizione smodata... Vanità, velleità di potenza, snobismo, smania di potere.»

Samuel insisteva nel mettere l'accento sulle pecche di Carlotta e il debole carattere di Massimiliano. I loro ritratti si alternavano alla sala del trono, al salotto dell'Arciduchessa, al salone destinato agli ospiti, dove trionfava il color rosso, alla sontuosa camera da letto con il letto a baldacchino, alla sala della Rosa dei Venti:

«Guarda bene quei ritratti, Sara... Cerca di imprimerteli nella mente.»

Il sesto senso la avvertiva: possono riguardare anche te. Ora, Sara prestava più attenzione anche alle notizie che potevano sembrare semplicemente storiche:

«In questo Castello, Massimiliano e Carlotta abitarono solo quattro anni. Poi Carlotta spinse Massimiliano ad accettare la corona imperiale del Messico. Una corona che poteva significare la sua morte. Ma lei voleva, a ogni costo, essere chiamata Imperatrice. Lui acconsentì perché lei non gli dava pace, lo torturava psicologicamente e lo ricattava sentimentalmente, minacciandolo altrimenti di abbandonarlo, di tradirlo sollevando scandalo. Non le importava nulla che lui andasse a rischiare la vita.»

«E come finì?»

«In Messico, Massimiliano venne fucilato dalle truppe rivoluzionarie di Benito Juárez.»

Si trovarono nello Spogliatoio di Carlotta, Samuel si fece meno vago con le sue allusioni. Sdegnato, parlò più a se stesso che a Sara:

«Qui, quella donna demoniaca che rovinò Massimiliano, metteva in bella fila i suoi vestiti sontuosi. Ma non ci fu bambina che venisse a adorarli... I due Imperatori non riuscirono ad avere figli, e il loro matrimonio scricchiolò molto presto... Carlotta aveva un altro diavolo in corpo. Una smania sessuale che, quando scattava, era come il morso di una tarantola, un clic, e lei smarriva la ragione, si lasciava andare alle peggiori bassezze.»

Il turbamento di Sara doveva essersi manifestato. Allora Samuel la trascinò via dallo Spogliatoio. La magnificenza del parco la inghiottì: specie di piante a migliaia, varietà infinite di fiori, laghetti artificiali. Un'avidità di meraviglie che non veniva semplicemente dalla natura, ma dalla lussuria e dalla cupidigia di una donna come Carlotta, quale Samuel aveva insistito a descriverla.

Andarono a sedersi di fronte al mare. Restarono in silenzio, a lungo. Finché Samuel mormorò:

«Carlotta morì completamente pazza. Si racconta che, per anni, non fece che ascoltare la canzone *La Paloma*, che le ricordava la sua storia.»

Si distrasse, indicando un punto remoto nel cielo chiaro:

«Là c'è la Dalmazia. Una delle patrie in cui la nostra famiglia, che non ha mai avuto una vera patria, ha soggiornato felice per alcune stagioni indimenticabili. Avevamo una casa che era l'opposto di Villa Kar. Ti ci porterò, Sara, e ti piacerà. Faremo un bel viaggio in Dalmazia, forse sarà l'ultimo viaggio della mia vita... E lo faremo insieme.»

'Fissai dove lui fissava. E gli chiesi d'istinto:

«Era mia madre che doveva arrivare?»

Samuel non rispose.

«Era mio padre? Dimmelo.»

«L'istinto, la stregoneria di una bambina... È terribile che tu mi chieda di tua madre e di tuo padre come individui separati, e non insieme... Dovevano arrivare insieme, Sara. Insieme... Ma forse, insieme, non arriveranno più.»

Lasciai che lo sguardo andasse dove voleva.

«Quel punto del mare...» indicai. Mi attirava, in quel momento, con una forza magnetica. E non soltanto perché era di una trasparenza azzurrina, di polpa chiara, come una venatura segreta in un legno.

Samuel disse, con un tono neutro:

«Là si possono effettuare visite subacquee.»

«Mi insegnerai a nuotare?»

«Certo. Se ne avremo l'occasione. Perché ti piacerebbe imparare a nuotare?»

«Perché, dopo, potrei andare sott'acqua. In questo

momento, il mio più grande desiderio sarebbe di andare sott'acqua, calarmi in fondo, con i miei pensieri, tutte le cose che...»

«Quali cose?»

«Quelle che non mi danno pace nel sonno. E tu lo sai.»

...

Una bambina prende coscienza della sua solitudine.

La prima, acerba coscienza, che peserà nelle solitudini future.

Concepisce il sentimento della solitudine.

Quando non è più un disorientamento, un malessere vago, nutrito di assenze di una madre, un padre, di presenze dagli atteggiamenti odiosi, come le zie, di guardiani con deviazioni oscure del fine sessuale. Era una forza psicologica che apriva un vuoto dentro di me, nasceva da me, non più da provocazioni altrui.

Mi sedevo al pianoforte di mio padre. In seguito avrei imparato a suonarlo. Per ora dovevo limitarmi a premere un tasto, un altro, un altro ancora.

Capivo che la mia solitudine stava racchiusa nella musica paterna che mi mancava, ma, anch'essa, non come assenza occasionale: infatti, era nata con me, una modulazione già predisposta, in partenza, ad accompagnare i sentimenti, positivi e negativi, che avrei concepito.

Dov'era mio padre? Che fine aveva fatto?

Samuel, con quel modo tutto suo di farmi intendere le cose, me l'aveva raffigurato nell'Arciduca Massimiliano: geniale, afflitto da umana debolezza, trascinato da Carlotta a una drammatica fine. Avevo dato per scontato che i suoi fossero viaggi prolungati per il mondo, di successo in successo, con madre Marlene al seguito. Per la prima volta, mi trovavo costretta a dubitarne. L'ammirazione per l'artista, le luci esaltanti dei teatri... E se tutto questo non fosse stato che una faccia della medaglia?

Mia madre come Carlotta. Me lo ripetevo, premendo i tasti, per reagire all'idea e insieme per accettare questa possibile versione dei fatti che non avevo mai preso in considerazione. La madre Marlene che stava trascinando mio padre verso una disfatta che non riuscivo a precisare... E se la mia idolatria per lei fosse stata una mia esaltazione sbagliata?

Tutto si ingigantisce, nella mente di una bambina, anche il dubbio, una volta che l'afferra.

I suoni dei tasti premuti si susseguivano nella villa. Affondavo il dito nei tasti, nella loro disarmonia, e perdevo la nozione del tempo. Le zie mi gridavano:

«Basta! Smettila!»

Io continuavo. Finché Ester o Lia non comparivano alle mie spalle e chiudevano seccamente il pianoforte sotto i miei occhi. Facevo riapparire la tastiera alla luce della lampada che tenevo accesa anche di giorno. Vi appoggiavo le mani, e sulle mani la fronte con un ultimo e profondo disaccordo di note.

Quella la mia solitudine.

Liberarmi da equivoci sentimentali. Ricordavo quando avevo ordinato a Max:

«Uccidilo!»

Ma quello era stato il capriccio di un temperamento impetuoso che aveva reagito contro il mastino facendone il bersaglio che avrebbe voluto fosse Max. L'innocenza infantile ha i suoi capricci incoscienti, che non hanno misura né anima, che convivono coi capricci opposti: anche il rimorso, le lacrime per la morte del mastino erano stati un capriccio.

Cominciavo a distinguere il capriccio dalla coscienza. Ora non si trattava di un mastino distruttore e della bellezza di un giardino, presa a pretesto. Si trattava della mia identità. Di una madre e di un padre a cui dare verità. Di mettere al posto giusto le tessere di un mosaico sentimentale fino ad allora scompaginate.

Stavo nel guardaroba di Marlene. Fissavo i suoi vestiti disposti con meticolosità. Erano trascorsi solo pochi mesi da quando mi tuffavo dentro quella fantasmagoria di stoffe e colori, con l'illusione di far parte, in questo modo, dell'esistenza materna. Fissavo i vestiti e mi dicevo:

«Uccidilo!»

Quell'equivoco, quel calcolo sbagliato di identificazione. Non toccarli più i vestiti allineati davanti ai miei occhi, distanziare da me le cose che mia madre si lasciava alle spalle per far sì che la sua assenza non mi pesasse. Uccidere l'anello debole che ero stata, che coniugava il non esserci di Marlene con la sete che ci fosse. La visita al Castello di Miramare e l'impatto con la storia di Carlotta, avevano prodotto il loro effetto: la pretesa, benché ancora confusa, di un rispetto per me stessa.

La colpevolezza... Che grande conquista diventare coscienti delle colpe altrui. Da Carlotta, si estendeva a mia madre. Sempre più evidente che, con la principessa egoista, lei aveva indubbie affinità. Sarebbe bastata la spregiudicatezza con cui mi lasciava sola, ad arrangiarmi di fronte a un destino indecifrabile.

Credo sia cominciato allora un mio vizio o, chissà, una mia risorsa. Reagire con un'amara e insieme comica ironia quando il terreno frana sotto i piedi. Nel guardaroba, scoppiai a ridere. Le reazioni anomale, inutile analizzarle. Di che ridevo? Di essermi asservita a illusioni talmente ingenue da risultare ridicole? Ridevo perché ridevo. Basta così. Come in seguito mi sarebbe puntualmente capitato, anche in certi voltafaccia della vita che, secondo il luogo comune, richiederebbero le lacrime.

Afferrai i sostegni dei vestiti. Presi a scaraventare tutto a terra. Una delle finestre che davano sul guardaroba era spalancata, entrava la bora, spalancai anche la seconda finestra, i vestiti buttati in giro si sollevarono nell'aria con uno sfarfallìo multicolore, fantasmi che volavano qua e là, dimostrandomi quanto fossero colmi di aria e di vuoto, e io che li avevo sentiti pieni del corpo di mia madre.

Le zie accorsero al baccano.

Arrivarono col passo che conoscevo bene. Dicendosi l'un l'altra «Vieni vieni», a passetti veloci. Come quando pregustavano il momento di scoprirmi fra i vestiti di Marlene, mentre lasciavo che mi scivolassero addosso come la manna dal cielo, e soprattutto il momento di poter dire "puttana" a una bambina con il velenoso rancore di far intendere a una madre detestata e dispersa chissà dove, che se ne fregava di intendere.

Le zie irruppero e, constatando la devastazione, restarono senza parole, sconcertate dal rovescio della realtà che si aspettavano. Quali ragioni potevano avermi spinto? Molte ipotesi dovevano volare nelle loro teste, come i vestiti continuavano a volare nell'aria, e alcuni andavano a cadere sulle zie, e io ridevo anche di questa scena tragicomica, e puntai Ester, e feci centro, e la vidi calata in un vestito da sera molto scollato e luccicante di lustrini.'

L'amica amata per sempre

'Sul fondo del mare.

Quando uno scintillio mi era entrato negli occhi dalla vastità delle onde di fronte al Castello, l'avevo confessata a Samuel: la voglia di starmene laggiù, sotto quel bagliore, accucciata nella mia solitudine.

Mi isolavo dietro una siepe, o ai piedi di un albero, e mi figuravo in un fondale marino, come se la villa, il giardino, i campi limitrofi fossero una superficie del mare dove uomini e donne se ne andavano con le loro avventurose imbarcazioni verso i loro enigmi, le loro battaglie. Se ne andassero pure. Se il mondo adulto mi escludeva, io escludevo da me il mondo degli adulti. Nel mio universo acqueo, con la protezione illusoria di un ventre immenso, sopportavo con meno assillo la mia solitudine.

Il fondo del mare racchiude i segreti della vita. Per ogni forma vivente. Già l'avevo imparato. Mio padre, prima della sua ultima partenza, aveva suonato per me una musica che si ispirava a quei segreti, di esseri umani animali piante, legati da un comune destino, spiegandomi che me la dedicava perché anch'io ero all'origine della mia esistenza, quell'origine in cui tutto era simile.

Me ne stavo con la testa fra le mani a scrutare l'orizzonte. Fu un calabrone a indurmi ad abbassare lo sguardo. Prima venne a ronzarmi intorno alla fronte, e non avrei saputo dire se fosse realmente un calabrone perché, variegato di giallo, splendeva al sole. Feci un gesto per cacciarlo. Il calabrone si abbassò a ronzare fra le mie gambe, ci affondò, sostò di fronte alle mie mutandine, quasi timoroso di un contatto.

Lo lasciai fare, incuriosita da quello che intesi come un sesto senso che lo rendeva esitante, ma affascinato. Lasciai vagare i miei pensieri. Mi rividi dentro il cappotto rosso nella notte della mia stregoneria fra le donne ai margini della strada. Mi aveva rivelato il sesso femminile. Nelle sue forme anche paurose. I sessi che mi erano apparsi giganti, e mi avevano sconvolto fra i fuochi, continuavano a essermi presenti come una minaccia, ma in quel momento, scrutando il calabrone sospeso come da una forza magnetica che si sprigionava da me, non la avvertii più come tale.

Il calabrone volò via quando, d'istinto, afferrai un lembo delle mutandine. Anch'io provai un'esitazione che mi fece battere il cuore. Poi, lentamente, con una curiosità amorosa, scostai le mutandine.

Per la prima volta, io stavo contemplando il mio sesso.

Sembrava dirmi, con intimidita allegria:

"Sono qui, per dividere la tua solitudine."

La fissavo. Mi ricordava, con i suoi intagli a grumo, quelli incisi nelle piante e nei fiori del giardino. Pensavo anche a una conchiglia tropicale che mi aveva suggestionato in una fotografia: racchiudeva i segreti dei mari sconosciuti... Se dapprima avevo esitato persino a scrutarla, e poi a toccarla, accarezzarla, a passarci un filo d'erba, ora la portavo in me con una complicità che si faceva arguto senso di amicizia.

Sapevo che, in lei, stava un mio destino. Con cui avrei dovuto lottare, tiranno e ineffabile, o chissà, a momenti, come il giardino favoloso di Bisanzio, sul quale tanto avevo fantasticato. Quel destino l'avremmo diviso insieme. Ma come io ero bambina, davanti a tante porte ancora chiuse, anche lei era bambina con me. E capivo che avrei dovuto trattarla da bambina, con amoroso gioco e leggerezza: parlarle quasi fosse stata una creatura in grado di intendermi, confessarle attese, ironie, delusioni. Mostrarle il mondo che la rispecchiava.

Mi divertiva la fantasia di prendere davvero per mano una piccola amica, per dividere con lei le esplorazioni nel giardino, pronta a segnalarle le piante che con più somiglianza la raffiguravano: la tulipa o il giacinto orientale, il narciso cantatrice, o i fiori esotici che mio padre aveva fatto crescere portandone semi e bulbi da ogni parte del mondo. Il lilium del Giappone, con il bottone dorato che pareva inciso da un orafo, o gli incantati ibridi del rododendro dell'Himalaya.

Mi soffermavo sulla rosa "Lili Marlene". Me l'aveva fatta scoprire mia madre:

«Questo è il mio fiore, Sara. Ricordalo.»

E forse, nel dirmelo, aveva pensato al suo sesso, così congetturavo, e quella varietà di rosa sembrava concepita dalla natura per servire da specchio anche al mio sesso bambino: un giorno, sarebbe esploso con la maestà che ora lasciava intuire. Accarezzavo la rosa Marlene, l'intimità di mia madre e, insieme, la mia. Momenti in cui il rancore che mi aveva afferrato consentiva in me strappi di nostalgia.

Trattandola da ospite che aveva convissuto con me, clandestina, fin dalla nascita, rivolgevo all'amica pensieri come parole: "Lo vedi? La natura ha inciso i nostri stessi segni nei suoi piccoli capolavori di bellezza. Perciò non dobbiamo sentirci sole. Non dobbiamo temere". L'amica bambina era come se mi ricambiasse. Una contentezza comune mi attraversava. Tornavamo a isolarci nel fondo del mio mare.

La mia graziosa ospite l'anima ce l'aveva. Spettava a me preservarla, difenderla. Mi figuravo madre. La sentivo, a modo mio, una figlia.

Negli anni in cui lei diventò realmente tiranna, con esaltazioni e dolori, pensai a quei giorni sepolti sotto il mio mare immaginario come a un eden della fantasia.

E accadde l'episodio di quello che chiamai "il cane delle dolcezze". Stavo seduta sotto un albero, con le gambe dischiuse, senza mutandine. Mi trovai di fronte il muso del cane. Ebbi un attimo di terrore, perché rividi il mastino Max. Ma fu il fiato del cane a rilassarmi. Non un fiato. Un respiro, piuttosto, quasi umano, che si fece comune respiro col mio, mentre gli occhi dell'animale, liquidi, adoranti, trasmettevano una mitezza cosciente.

Si ripeteva, in altro modo, il fenomeno del calabrone.

Il cane passò la lingua, appena, qua e là lungo le mie gambe, come se deponesse baci, e il pelo candido del muso avanzò a piccoli tratti: carezze piene di desiderio e rispettose. Chiedeva, con grazia, la grazia di fondersi con me.

Non io, mi dissi, è l'amica che vuole concederla. E aprii le gambe, mentre accarezzavo il muso con la stessa clemenza desiderosa che lo stava conducendo, finché la lingua si insinuò, senza che provassi paura nemmeno dei denti a zanne nella bocca ansante. La lingua, infatti, esplorava e si muoveva, nei punti dell'amica, con un'esattezza minuziosa. Una cura davvero umanissima nell'assecondare il desiderio. E io chiusi gli occhi, spingendo in avanti il bacino, per agevolare il cane e agevolare l'amica. In quel momento, la intesi autonoma da me, con una forza del desiderio che nasceva da un fondo primordiale suo, solo suo.

E suo il lungo brivido mai provato prima. Poi un lampo. Che salì da lei ai miei occhi, cancellando ogni visione.

L'amica bambina si era rivelata.

Scivolai con la mano dentro il pelo del cane, in una

carezza fra le sue zampe. Volevo quella carezza, nient'altro, invece stavo accarezzando il suo sesso, ne tenevo in mano la consistenza. Un gesto che mi sembrò imposto da una volontà che non era la mia. Me ne resi conto dopo. Di quella spinta, torbida, che può prevalere sull'innocenza sessuale quando si fa ardita, e non sa: che oltre il limite dell'innocenza ardita c'è una voluttà sconosciuta che impone la sua legge, ti obbliga ad assecondarla. Ritirai la mano bagnata. Il cane piegò la testa. Si staccò da me, indietreggiando, malfermo. Come avrei visto fare agli uomini, un giorno.'

'Sotto il mio mare immaginario cresceva la coscienza dell'attenzione: verso nuove scoperte e certi ricordi che fluttuavano in me. Facevo lunghe passeggiate intorno alla villa, poi entravo nello studio di mio padre, tiravo le tende, accendevo la lampada. Nello studio, una poltrona, un tavolo nudo, il lume. Quando si staccava dal pianoforte e dal salone della musica, mio padre si imponeva quegli elementi essenziali. La penombra per pensare, una superficie solida per appoggiare i gomiti e i momenti di sconforto, un'altra morbida in cui affondare il corpo e le fantasie. Lo imitavo, ricordando le sue parole: è come si impara a galleggiare, l'importante è abbandonarsi, perdere la paura del non contatto. Si rende possibile un viaggio in uno spazio indeterminato.

Dopo preludi, capricci, fughe al pianoforte, si raggiunge il "pianissimo". Ossia quella sonorità tenue, eppure di un'intensità immensa, che mio padre riteneva il punto massimo della musica. Aprivo la porta solo quando udivo bussare in un certo modo: due colpi ben dati, poi uno più flebile, un quarto appena percettibile. Un annunciarsi ritmico. Era Samuel che usciva dal suo rifugio sotterraneo, per una pausa, e poi tornarci.

Samuel che si rivolgeva idealmente alle zie, ma senza degnarle, parlando al vuoto perché loro intendessero:

«Non vi accorgete che è esplosa la primavera? Si vergogni chi non se ne accorge. Di questo venticello che va raccogliendo da pignolo aromi e profumi per portarli al vostro naso, affinché possiate respirarli a fondo, e sentirvi più giovani. Ma il vostro naso è tragicamente tappato... Non vi accorgete che questo venticello porta la fortuna che non avete, non potete avere, non meritate?»

E c'era la luna, e capitava che persino Max venisse fuori dalle sue tane oscure, per esclamare:

«Madonna che lunone!»

E se ne stava a spiare e a meditare non le sue sconcezze, si fermava in mezzo al cortile, con le mani dietro la schiena, a squadrare la luna messa così bene lassù, fra nuvole anch'esse orchestrate a dovere. Una beltà da gustare a polmoni pieni, anche se poi gli veniva da tossire a strozzo per i suoi polmoni lastricati dal fumo o, chissà, per le sue fissazioni storte.

Accadevano anche cose strane, a cui non riuscivo a dare un senso preciso, e quindi non turbavano più di tanto la bella calma di quei giorni. Era buio, e stavo scrutando dalla finestra della mia camera, come mi piaceva fare nelle notti serene, quando la solitudine del giardino era pulita, trasparente. Per i vialetti vidi inoltrarsi uomini in divisa. Si facevano luce con una torcia elettrica. Sparirono, e poi tornarono trascinando un tipo che avevo già visto, uno dei compari di Max, con la testa piccola, anche lui piccolo nella giacca sdrucita e troppo larga. Aveva le mani tenute dalle manette, e la desolazione con cui i morti guardano ai vivi dalle foto delle lapidi. Senza paura né odio. Eppure lo fecero avanzare a calci. Ma lui si mantenne mite e in silenzio. Solo prima di essere spinto dentro l'automobile degli uomini in divisa, incespicò e con una scossa del corpo si scrutò le scarpe.

La mattina dopo, andai a controllare quel punto che aveva evitato con uno scarto. Succedeva che qualche uccello fosse azzannato dai topi. Quel rondone, per esempio: rinsecchito, fra le ali rigide, il becco aperto. Era il rondone che aveva fatto sussultare il compare di Max? Forse no. Forse era semplicemente una delle mie fantasie.'

Andavano scoprendo – Sara e l'amica – che il giardino era gremito di amori.

Sulle piante e i fiori dove già avevano ravvisato gli intagli a grumo incisi dalla natura nell'intimità vegetale, che facevano pensare all'amica bambina, ora scoprivano i piccoli animali che si accoppiavano senza sosta. Ammaliate, le due, da quei minimi spettacoli animati da un fervore amoroso che il mondo ignorava. Le formiche operaie, il cui accoppiamento aveva forme le più diverse e strane. Le chiocciole, dalle copule che sono una specie di lotta, e si intrecciano, si annodano. Gli accoppiamenti delle libellule. E i maschi sulle farfalle femmina, là dove cresce la passiflora, la pianta nutrice dei bruchi. Gli animaletti stavano l'uno sull'altra a lungo, intontiti e immobili, come se il tempo non esistesse, e l'unico tempo esistente fosse la felicità di godersi e riprodursi.

Bastava avere pazienza e attendere. L'amore, nella natura, rivelava di essere vissuto e interpretato in infinite pose. Non esistevano una morale e un'immoralità. Non c'erano regole prestabilite in assoluto. C'era soltanto gioia. E le due amiche, questa gioia, la assimilavano.

Scoprivano insetti goffi nell'accoppiarsi. E Sara, con un dito, si divertiva ad agevolarli. E loro sembravano accettare di essere agevolati. Come le mosche. Per le formiche, a volte, provava pena: quando una formica femmina si caricava il peso del maschio, suo amante, se qualche evento accidentale lo feriva o lo debilitava.

La fantasia, a volte la genialità dei sensi, che esplodono nel micro dell'amore. Sara poteva metterle a confronto con le abitudini umane. Facendosi più cosciente l'attenzione, ora si accorgeva di frequenti intrusioni nel giardino, a cui fino ad allora non aveva badato: coppie di amanti venivano a infrattarsi. I rituali amorosi, che intravedeva nei nascondigli, si ripetevano simili. I baci, gli abbracci, la voglia di lei, il desiderio di lui: un balletto di atti prevedibili. Sara avvertiva la presenza delle coppiette e tirava via. Anche perché, puntualmente, nel fogliame si stagliava l'ombra di Max.

Max era l'ombra che si portava addosso. Continuava a esserlo. Salvo quando, ubriaco, si vantava con i suoi compari, e a Sara, magari acquattata dietro le siepi, arrivava la sua sconclusionata euforia. Si vantava delle sue imprese da puttaniere, e di avercelo come un tronco d'albero.

Nel giardino, Max non perdeva di vista Sara, che doveva correre via, per evitare le sue apparizioni. Max faceva di più. Spesso si aggirava sotto la sua finestra, gli occhi attraversati da un'indecifrabile espressione, guardandosi intorno per assicurarsi di essere solo, borbottando fra sé come se la sua mania chiedesse un dialogo di conferma nei momenti cruciali o se qualche minaccia potesse incombere. Con il sesto senso dei pipistrelli e degli animali notturni, sapeva quando Sara, alla finestra, stava in pace, tranquilla, più feribile. S'accostava al muro, come per orinare, e il suo palo, il suo tronco lo vantava in altro modo, verso se stesso, compiacendosi. Lo estraeva lentamente dai calzoni, calcolando molte cose insieme: la solitudine della bambina, la mancanza d'amore di cui stava soffrendo, il senso di colpa, che è sempre precoce e profondo, i primi conflitti del sentire sessuale, l'attrazione nascente del proibito.

Un corruttore volgare ma intelligente, Max...

La fantasia è il luogo dove l'impulso sessuale lotta con emozioni contrastanti che variano a seconda della storia individuale. E la fantasia di Sara, già ricca di fiabesche invenzioni, cresceva nell'impatto con la realtà. Emergevano la rabbia, il desiderio di controllo e, appunto, la calamita del proibito, che cessava di identificarsi con gli orchi delle favole. Infatti, Sara si chiedeva perché, fino a qualche mese prima, si sarebbe allontanata immediatamente dalla finestra, sbattendo gli scuri, in modo che Max ne udisse il colpo secco. Ora, invece, esitava, tenendo gli occhi fissi, col cuore che le martellava, dibattuta fra impulsi opposti: il non darla vinta a Max, col sottrarsi sconfitta alle sue provocazioni, e quel turbamento dei sensi, la voluttà torbida e ancora sconosciuta che aveva percepito quando si era ritrovata nella mano il sesso del cane.

Poi, sì, si allontanava. Voleva, con tutte le sue forze, mantenersi pulita e innocente, non era che la volontà di una bambina cresciuta già di un buon tratto, niente più di questa volontà, ma non aveva mai provato qualcosa di così forte in sua difesa, pur col presentimento che la sua innocenza avrebbe dovuto difendersi da ben altre prove. Non avrebbe mai concesso, a Max, di bussare a suo nome a quella che, ingenuamente, ancora si figurava la porta dei demoni.

Si confidò con Samuel.

Samuel le rispose con impeto:

«Se azzarda qualcosa, l'ammazzo. Nessuno deve farti del male. Nessuno!»

Uccidere Max?

Tutto era sonno, era sogno.

Con una leggera nube di foschia per la calura della notte. Il campanile lontano aveva suonato le ore e si era zittito, in quel sonno delle cose. Il campanile aveva svegliato Sara. E poi un ridere, nel giardino, l'aveva attratta alla finestra. Anche il giardino viveva il suo sonno, e quei due si stavano inoltrando, con leggerezza e grazia. Sara si coprì alla meglio e si sentì spinta a scendere. Le sembrò sogno procedere dove le ombre erano fitte.

I due avanzavano, si fermavano, si baciavano.

Una ragazzina bionda. Il viso dai lineamenti sottili, la bocca grande e rossa, i capelli raccolti in una lunga treccia fra orecchini di perle, il seno prosperoso. Lui un giovane poco più che ventenne, disinvolto, attraente. In breve, i loro indumenti furono sparsi nella distesa dell'eucalipto, e c'era un po' di luna ad accrescere quel particolare fascino che due bellissimi corpi nudi trasmettono nella magia del sonno delle cose.

Anche Sara si appostò, non per la morbosità di assistere all'amore altrui, ma perché la scena, insolita, sembrava creata dall'incanto del suo giardino, che per la prima volta scopriva nel suo sonno, nel potere di concedersi un episodio sognato. Il giovane si inginocchiò accanto alla ragazzina sdraiata. Sollevò nel palmo il peso soffice del suo seno. Baciò il punto dove il cuore di lei batteva. Le labbra dei due coincisero con un accostamento gentile, che consentiva l'insinuarsi della lingua. Sara aveva intravisto altre coppie d'amanti infrascate, ma in quei casi il tramestìo era definitivo e violento. Al contrario, il giovane e la ragazzina, nel sonno delle cose, si scambiavano le fantasie di un gioco d'amore, in un reciproco possesso fatto di sottigliezze.

Lui la baciò sul collo, le spalle, le cosce dalla pelle che rifletteva il chiarore della luna, usando la leggerezza di quando, penetrati nel giardino, erano stati incantati dalle piante e dai fiori rari preferiti da Sara, e sulle foglie era scivolato il loro tatto, come un preludio del gioco. La ragazzina si spinse in avanti col bacino, divaricando le gambe. Lui mosse le dita aperte sul suo ventre, con un gesto che a Sara sembrò sacrale.

Tutto si manteneva sonno e sogno.

Poi il ragazzo, di colpo, si inarcò all'indietro, staccandosi dalla ragazzina con un salto disarticolato, come se fosse stato sparato alla schiena... La mano di Max lo serrava per il collo, lo teneva sospeso in aria, come si tiene un coniglio, la grossa mano nera gli impediva di respirare, agitava le braccia quasi stesse affogando. Poi la mano di Max lo lasciò, il ragazzo ricadde a terra, istintivamente si drizzò per reagire, assalire Max, ma fu ancora la mano di Max a calare, schiaffi violenti lo mandarono gambe all'aria, dalla sua bocca scendeva sangue, e il sangue gli stava imbrattando a chiazze il corpo nudo, e la ragazzina, sconvolta, cercava con le mani di cancellargli il sangue...

Sara assisteva, per la prima volta, all'orrore di uno stupro.

Poi, Max si occupò della ragazzina. Le ordinò:

«Stai calma... Prova a rivestirti.»

Sollevò le sue mutandine da terra. Le teneva sospese a livello d'erba, e la ragazzina, terrorizzata, esitava, poi fece per infilare le gambe nelle mutandine, ma Max le sollevò di un tanto, così anche la ragazzina fu costretta a sollevare le gambe, e Max alzò ancora le mutandine, tenendole come la cappa con cui il torero giostra durante la corrida.

Sara fuggì via.

Si ritrovò rannicchiata nel suo letto. Con la sorpresa di sentirsi posseduta da una freddezza assoluta. Da una rabbia che si risolveva in quella determinazione fredda, che la rendeva assurdamente sicura di sé. Era sconvolta soltanto nella sua coscienza nascente. Era in gioco il sentimento della sua sopravvivenza. Un ricordo la rincuorava. Le confermava che era sempre esistito, in lei, anche quando non era stata in grado di decifrarlo, un meccanismo degli istinti – forse il *ritmo* di cui le aveva parlato suo padre – equivocato per stregoneria e altre sciocchezze del genere, che l'aveva sempre portata a centrare il bersaglio. Il suo bersaglio.

"Uccidilo, Max!"

Non era stato affatto il capriccio perverso di una bambina, come aveva pensato, non era stato nulla di ciò che aveva creduto:

"Uccidilo, Max!"

Un impulso, un'aspirazione contro ogni violenza. Di Max, di sua madre che l'abbandonava, di suo padre che forse era un debole travolto dalle circostanze, come sosteneva Samuel, o forse vittima di altro.

Sara capì, quella notte, che si amava. Amava il suo corpo, il suo sesto senso, il suo potere di capire, amava la tenera amica che si portava fra le gambe. Doveva badare soltanto all'importanza di questo amore. Strinse le mani fra le cosce, a difendere l'amica come un bene prezioso.

Esiste un ritmo che consente anche il bene del dormire.

E si addormentò, pur avendo concepito un proposito inquietante.

'Credevo di esserci capitata per caso.

Nella camera di madre Marlene. L'avevo dimenticata da quando mi aveva preso il rancore per lei. Mi colpì la polvere che si era depositata sulla toeletta. Prima, ogni mattina amavo toglierla, quella polvere, con cura, felice. Pensavo che il rito avrebbe propiziato il suo arrivo. Tutto sarebbe stato pronto, al suo ritorno: lei avrebbe potuto sedersi, ammirarsi allo specchio lucidato, servirsi dei trucchi ripuliti a dovere per mettere a punto la sua bellezza.

Ora, nel filo di luce dalla finestra, il biancore ottuso della polvere mi appariva una parete che isolava gli oggetti come in un tempo lontano, già morto. Anche lo specchio. Del mio volto, solo frammenti: la mia bocca appena visibile, un mio occhio, un orecchio appena delineato. Come se fossi stata tagliata a pezzi. E in effetti la solitudine in cui mi aveva isolato mia madre era una forbice che in quei mesi aveva lavorato su di me.

Perché pensai alla forbice?

E davvero nella camera ero entrata per caso? O non, piuttosto, per il solito sesto senso che agiva per conto suo sotto i miei atti coscienti? Stavo meditando come punire Max, vendicarmi di lui, togliermelo di torno.

Rapidi collegamenti della memoria portarono la mia

attenzione prima sulla parte destra dello specchio, dove la superficie era scheggiata, poi sulla forbice posata sotto quella specie di ferita. La polvere aveva tolto lucentezza alle due lunghe lame d'acciaio dalla punta acuminata. Infine mi ricordai, con precisione, la mattina in cui Marlene, dopo un lungo litigio con mio padre, aveva impugnato la forbice affondandola nello specchio come una furia.

Lasciai la polvere intatta. Mi diedi a ripulire soltanto la forbice, con la meticolosità e l'euforia suggerite dall'idea di come l'avrei usata. Avevo congetturato il mio proposito confuso e inattuabile. Ora, invece, me lo sentivo nelle mani lineare e netto, come le due lame che splendevano al filo di luce.

Nessuna esitazione, i calcoli esatti. E così sarebbe stato nella mia vita successiva: la scioltezza nell'attuare le mie decisioni definitive.

... Mi rivedo con Max. Mi era sbucato davanti, dopo avermi appostata come al solito. E come al solito mi chiedeva di essere carina con lui, perché dovevo esserlo, perché avevo un debito da pagare. Era passato tempo dall'uccisione del mastino, ma lui aveva insistito con maniacale monotonia. Disse:

«Lo vedi? Io non mi sono mai buttato su di te. Non ti salto addosso, non uso la forza e la violenza. Sei tu che mi vedi come un mostro. Io ho sempre continuato a chiedertelo in una maniera gentile e ragionevole. Devi ammetterlo. È amore, il mio, non altro. Sei costretta a riconoscerlo.»

«Va bene. Sono costretta. Lo riconosco.»

«E allora?»

«Allora è giusto. Devo pagare il mio debito.»

«Dove e quando?»

«Col buio, stanotte. Dove sei stato mostro con quei due poveri fidanzati.»

«Ma cosa dici?»

«Quello che ho visto.»

«C'è chi vede e c'è chi sogna.»

... Difficile riportare, a distanza di tanto tempo, ciò che dissi esattamente. Il concetto fu:

«Non è colpa mia se i miei sogni vedono.»

«Fantasie, Sara. Come con quel povero mastino.»

«Però, dopo, nessuno ha più distrutto il giardino.»

... Io e Max. Col buio. Cominciò dicendo:

«Per me, sta bene, qui. Ma non ti stai comportando come si comporterebbe una bambina. Infatti, io non ti vedo come una bambina. Hai già un corpo formato, quasi da donna. Una cosa che mi guasta il sangue. Un corpo da donna nelle proporzioni di una bambina. Io non vado per bambine, ma per donne.»

«Perché parli tanto?»

«Perché so anche parlare, e parlare bene, quando sono innamorato. Intendermi di fiori e di piante, mi ha insegnato...»

«Ho visto cosa fai, quando non parli.»

«Non giudicare. Quando sono innamorato, Sara, anch'io divento un po' bambino. E anche un po' timido... Perché non ho mai incontrato una ragazzina bella come te.»

«E adesso che si fa?»

«Io so anche baciare, Sara, quando sono innamorato. E bacio bene. Se una donna è degna di essere baciata. Non tutte le donne lo sono, sai. Quasi tutte non lo sono.»

... Era vicina la fossa dove era stato sepolto il mastino. Mi incitava a ripetere, nella mia testa: "Uccidilo, Max!".

«E se io, adesso, provassi a baciarti?»

«Ti lascerei fare, Max.»

«E se ti mettessi una mano fra le gambe?»

«Ti lascerei fare.»

«Come una donna grande...»

«Le conosci tu le donne grandi.»

«È che non credo che una ragazzina come te...

Non sei il tipo da fare queste cose. Ne sei proprio sicura?»

Non mi sentivo né bambina, né ragazzina. Questo era vero. Mi sentivo un essere privo di ogni età, contro un essere che non rappresentava solo Max, ma tutto il mondo che mi stava facendo del male, e me l'avrebbe fatto in futuro.

«Sì» ho insistito.

Max esitava:

«Hai voluto solo prendermi in giro. Dimmi la verità. Solo prendermi in giro.»

... La sua aggressività sembrava scomparsa. Si ripeteva la situazione di quando mi ero arrischiata fra le puttane.

«Dimmi che non sono un mostro.»

«Cosa t'importa di quello che pensa una bambina, che forse sogna o forse no, che ha occhi che ci vedono bene, già un po' da ragazzina, come dici tu.»

«M'importa molto, Sara.»

... Pensai: questo è innamorato davvero. Stringevo le forbici nella tasca. L'importante era che non si scaricasse, in me, la rabbia fredda. Ma Max, fosse stata o no una recita la sua, tornò Max. Mi affondò la grande mano nera fra le cosce, mormorando, con gli occhi d'improvviso appannati, con l'ansito nel respiro:

«Ti piace, questo, vero Sara? Dimmi che ti piace.»

L'ho visto trafficare per levarsi dai calzoni il suo tronco d'albero, come faceva sotto la mia finestra. E quando quel palo si è abbattuto fra le mie cosce come una sciabolata, l'ho colpito nel ventre con tutta la forza che avevo. Nemmeno un istante di paura. La lucidità non mi ha abbandonato. E quella forza che si moltiplicava, quando è sacrosanto che accada, non mi sarebbe mai venuta meno. Così, sempre, nella mia vita.

Ha fatto un salto all'indietro. Si è guardato la mano, stupefatto.

«Sanguino» ha esclamato. «Lo vedi che sto sanguinando?»

Non ho avuto nemmeno bisogno di correre via, per allontanarmi.'

L'impronta di una mano sporca di sangue.

Sara la trovò sul proprio cuscino. La notte successiva.

In una macchia di liquido organico rappreso.

Lo sperma di Max.

Da giorni, Samuel non si alzava dal letto.

Impiegava qualche minuto per aprire gli occhi, quando Sara andava a trovarlo. Teneva le braccia rigide sulla coperta e fissava il soffitto. Sara si inerpicava sul letto e gli dava un bacio, poi si accucciava da una parte. Restava a fargli compagnia in silenzio. O meglio rispettando quel silenzio che lui si era imposto come nutrimento della sua solitudine. Se l'interpellava, rispondeva:

«Sei sola anche tu, vero piccola?»

«Sì. Ma, con te, lo sono meno.»

«A cosa stavi pensando?»

«A che male hai.»

Samuel, con uno sforzo, le sorrideva:

«È la voglia che cala...»

«È una brutta malattia?»

«La peggiore. La voglia di vivere, quando viene meno... Ma adesso mi torna. Questione di giorni. E vedrai che mi torna.»

«Se vuoi, spiegami.»

«Dammi la mano.»

Sara allungava la mano. Lui la prendeva fra le sue.

«È morbida e calda. Piena di una voglia di vivere che sta fluendo. È sempre un piccolo miracolo, quando questa voglia sta per fiorire, come le piante del giardino che ami. La sento, sai, la sento nella tua mano.»

Il volto di Samuel lentamente riacquistava colore.

«Cosa dovrei spiegarti, bambina mia, una malattia dell'anima?»

Sara insinuava:

«Quando sarai guarito, lo faremo quel viaggio in Dalmazia che mi hai promesso? Ci faccio tante fantasie su quel viaggio.»

«Lo faremo, Sara. Ma non perché guarirò. Al contrario. Perché questo male diventerà più profondo. Inguaribile.»

Le zie minimizzavano. Dicevano che Samuel, quando gli girava la luna, amava farsi compiangere. E all'inizio aveva fatto battere il cuore a tutti. Perché arrivavano i contadini allarmati: «Samuel si è ammazzato!». E loro correvano al torrente. I contadini, indicavano un punto nell'acqua: «Laggiù! Laggiù! E qui ci sono le sue scarpe». Le scarpe c'erano, disposte con cura sulla riva.

Si davano a cercarlo. Lo trovavano, bagnato come un pulcino, che tremava nel folto degli alberi. Sembrava morto, ma non lo era. Sul punto di affogare, era schizzato fuori dal canale. E lui dapprima chiedeva scusa: «Scusatemi se vi ho fatto correre per niente, e se anche stavolta non ce l'ho fatta. Perché sono un vigliacco». Poi s'infuriava: «Vecchie rompicoglioni, in fondo lo desideravate. Mi dispiace di avervi deluso!».

Sara cercava di leggere nel volto di Samuel. Capiva che non c'era recita in lui. Soffriva realmente. Come potevano capire, le zie, che i mali invisibili sono più feroci a volte, dei mali che si toccano? Invisibili come quelli che, nel suo piccolo, facevano soffrire lei, e lei li equivocava per stregonerie, ma poi si manifestavano realtà.

Samuel si alzò dal letto un giorno d'estate. Sara se lo ritrovò nel giardino. Con un bel colorito. Il passo che aveva ritrovato energia:

«Sei pronta, Sara? Ora possiamo partire per il nostro viaggio.»

L'ultimo viaggio con Samuel

'Attraverso la Dalmazia. E oltre.

Fu un viaggio di molti giorni. E con quel viaggio finì la mia infanzia. La mia testa fu come una diga che si aprì al mondo. E il mondo mi invase con ogni sua luce, ogni sua ombra. Finalmente lo respiravo, oltre le quattro mura.

Samuel era alla guida. Sembrava rinato. Fissandolo, capivo com'è che almeno una volta nella vita è possibile rinascere come avremmo voluto nascere, in una stagione degli anni che non è nessuna stagione prestabilita, è fuori dal tempo, è la serenità stessa, prepotente, con cui si pretende che gli ultimi giorni siano, prima di abbandonarli, al massimo di noi stessi.

Confusamente, così pensavo. Vedendo i falchi che giravano a picco sulla nostra automobile, quasi volessero guidarci nel tragitto.

«E se non fosse il tuo ultimo viaggio, Samuel?»

Lui ribadiva:

«È bello che sia come ti dico. Per me l'ultimo. Per te il primo.»

"Sono testardi gli adulti", quante volte me lo sono ripetuto da bambina.

«Tu che hai le fantasie facili, immagina di cavalcare un ippogrifo, di volare in alto, in uno spazio tutto nostro, pensando all'eternità come se fosse un gioco. E lo è, sai, lo è. Tu tornerai in ciò che comincia, io in ciò che si conclude.»

Che potevo afferrare di quelle parole? Tanto più che stava parlando più a se stesso che a me. Ignoravo cosa fosse un ippogrifo. Erano i falchi che mi suggestionavano, a ispirargli quel vaniloquio? "Forse ha ragione lui" meditavo. "Forse sono io che non ci arrivo." Maledetta fanciullezza che stavo per lasciarmi alle spalle. Mi sarei vendicata al momento giusto.

«Da giovane, Sara, speravo anch'io di avere figli, un maschio speravo, o anche una bambina come te, così ben riuscita. Per insegnargli cos'è bene e cos'è male, per quanto si possa dire... Lasciare a una bambina, che fosse mia, le mie ultime emozioni.»

«Ma io non sono tua figlia, Samuel.»

«Come se lo fossi. Ti confesso che, i primi tempi, anch'io ti trattavo con distacco, e ti chiedo scusa. Pensavo che a tuo padre Tommaso era capitata anche questa fortuna, come gli era capitata la genialità della musica. Poi... Ho imparato ad amarti.»

... Da un certo tratto, a ingoiarci, letteralmente, furono gli arcipelaghi con le piccole isole coperte dalla macchia mediterranea e dagli ulivi. Le coste occidentali, alte e desertiche, quelle orientali invece ricche di insenature e spiagge. Le piccole chiese e le cattedrali, i monasteri. Le fortezze veneziane. Samuel mi faceva da strana guida. Pochi cenni, ogni volta, e poi:

«Fai tu, Sara. Dimmi cosa provi e descrivimelo. Con le tue parole. In questo modo, fammi da guida tu.»

E si entusiasmava. Quando gli comunicavo, ad esempio, tutto ciò che mi veniva dalle Isole Incoronate. Un paesaggio arido e aspro, pietraie e doline proprie della natura carsica. L'arcipelago zaretino, con l'isola principale, l'Incoronata, evocò in me, più di ogni altro luogo, il capriccio magico del sogno. Mi sembrò un regno di fanciulli invisibili che, nei secoli, avevano predisposto le cose per impedire l'insediamento degli adulti negli isolotti e fra gli scogli di roccia bianca, quasi tutti disabitati. Sparsi in un mare limpidissimo, con baie nascoste e grotte sottomarine.

Quel color bianco, a tratti accecante, che nel sogno, per me, aveva sempre significato l'infanzia. Il bianco dei bambini. Non come segno d'innocenza. Ma così facile da imbrattare, insanguinare. E bastava una mano perversa.

«Racconta, brava. Racconta...»

Samuel mi prestava molta attenzione.

Specie quando ci trovammo nel Giardino Botanico di Zagabria, un'oasi all'interno del caos cittadino, non isolato come il mio giardino di Villa Kar. Mi esaltarono le diecimila specie rare di piante, gli esemplari tropicali provenienti dall'Asia. Avrei voluto non staccarmene più. E Samuel mi veniva dietro, paziente, lieto della mia meraviglia, come se fosse la sua, e andavo e venivo per i sentieri, là dove non c'era mai stato nessun mastino distruttore, né l'ombra appostata di nessun Max. Conobbi, in quei giorni, la felicità pura, una delle più intense che abbia mai provato.

Esaltante anche il Parco Naturale di Novska. Con una miriade di cicogne nere. Non avevo mai visto le cicogne nere.

Sapeva dove condurmi, Samuel. Ma, via via, mi risultava più concreto ciò che aveva premesso al momento della nostra partenza: insegnarmi il bene e il male con cui avrei dovuto scontrarmi nella vita; dare agli stupori la prima coscienza adulta.

Arrivammo a Trogir, in Croazia. Stradine fiancheggiate da antiche case in pietra. La cittadina emergeva da anni di disagio e di abbandono, mentre la sua storia esibiva testimonianze di un passato fervido d'arte e di cultura. Uno stemma, un portale scolpito nel palazzetto che dominava la piazza.

Alla periferia, una villetta. Immersa in un profondo silenzio. Tutto era abbandono. Tutto coperto da teli che si erano fatti grigi, sommersi da ragnatele. Il grigiore intenso, nerastro, della polvere che dominava i resti di un'esistenza troncata. Ci siamo seduti alla luce di una candela sopravvissuta.

«Qui siamo nati, Sara. Io, tuo padre...»

«Perché ve ne siete andati?»

«Perché ci siamo stati costretti. Ci hanno perseguitati. Eravamo una famiglia di razza senza patria. Anche i nostri progenitori hanno dovuto crearsi una patria, qua e là, per poi abbandonarla e ricrearsi un'altra patria altrove.»

Provavo una curiosità senza emozioni. Mi sfuggiva il senso di cos'è una patria, mi sfuggiva la regressione al passato. Udivo:

«In questa casa non tornerà più nessuno, eppure qui ho vissuto un'infanzia felice.»

A opprimermi, a togliermi il respiro, il peso della polvere. Come una mano avida, repellente, che cercava di impadronirsi anche di noi. Ne sentivo il sapore velenoso in bocca, che mi scendeva nello stomaco. Il sapore della polvere: l'unico contatto con quelle stanze spettrali.

Seduto a terra, Samuel non aveva reazioni. Sembrava ipnotizzato dalla candela accesa, che si stava consumando. A un certo punto, non ho resistito più.

«Samuel!» ho gridato.

Per scuoterlo. E insieme per avvertirlo che mi sarei alzata, con un colpo di testa dei miei. Non reggevo quell'immobilità nello sfacelo che mi faceva orrore. Sono corsa alle finestre, le ho spalancate. Spodestata dal suo dominio di anni, la polvere impazziva nel vento che irrompeva da ogni parte. Samuel tossiva, soffocava. E poi ho afferrato il lembo di un telo. Ignoravo cosa coprisse. Copriva un pianoforte malandato. Il vento scoprì la tastiera come una chiostra di denti spezzati. Soffocando anch'io, presi a pigiare i tasti, col cuore sospeso, con rabbia.

Reagivo contro quel regno di cose morte senza darmene una ragione.

Non ricordo altro. Solo Samuel che mi trascinava via. Per non vedere più nulla di ciò che, per la seconda volta, si lasciava alle spalle. Chiuse la porta, e vi si appoggiò. Respirando appena.'

Nella cattedrale di Sant'Anastasia, a Zara, Samuel le parlò di Dio.

C'era aria di guerra, non vicina, lontana, ma non troppo. La guerra serbocroata.

Una campana sembrava voler diffondere tutti i suoni possibili: di allarme, di malinconia, di violenza. Non intendeva annunciare niente a nessuno. Era uno strumento che si ribellava per difendere la dignità di se stesso, consapevole che tanto scampanìo sarebbe andato disperso nell'indifferenza generale. Lanciando quel ponte di suoni fra il proprio universo e quello di Dio, nella mattinata limpida, non le importava nemmeno se Dio esistesse oppure no: le importava che lei, una cosa, non dubitava minimamente della sua esistenza.

Così farneticava Samuel avviandosi a entrare, con Sara per mano, nell'interno a tre navate, dominato dall'altorilievo raffigurante l'*Annunciazione*.

La campana tacque. E restò, stranamente, il vento che fischiava fra le colonne, venendo da alcune vetrate rimaste aperte. Samuel scrutò intorno:

«Ascolta, Sara. Questo vento. Strano. Non prestabilito. Come la fede. Questa musica di note un po' matte. Le senti come saltano, si fermano, riprendono a saltare? Giocano, giocano, con le leggi delle nostre speranze, delle nostre paure... Dio ha una sua eterna fanciullezza, ricordalo. Guai a prenderla senza la giocosità dello spirito. Perché altrimenti siamo noi, il diavolo.»

Guardò in alto:

«La musica a cui ho rinunciato.»

«Io continuo ad ascoltarti, Samuel. Ma continuo anche a non capire cosa cerchi di dirmi.»

«Gli uomini si illudono con le loro follie. Come sto facendo anch'io in questo momento... Ma quando tornerai insieme a tuo padre, chiedigli di parlarti di Mozart, della sua infanzia. Prima ancora di imparare a leggere e a scrivere, il piccolo Mozart rivelò prodigiose doti musicali. Pensa, Sara, a cinque anni componeva minuetti che il padre trascriveva. La precocità fa parte della vita. E anche tu ne hai dato prova... E quando tu e tuo padre parlerete di me, ricordagli di farti ascoltare il *Requiem* di Mozart... Il *Requiem*, te ne ricorderai?»

«Il *Requiem*, Samuel. Va bene...»

Samuel tornò a estraniarsi:

«O l'*Ave Verum Corpus*. Dove la fede altro non è che minimi segni su uno spartito, giocati come richiede un'armonia per risultare divina.»

Sara chiese:

«Ma lo rivedrò, mio padre?»

«Sì, Sara, presto. E dovrai capirlo. E non ti sarà facile.»

«E mia madre?»

«Vieni...»

Samuel condusse Sara alle reliquie di sant'Anastasia. Dietro la lampada votiva, scoprirono la teca della santa: nel suo giaciglio che i ceri accerchiavano con piccole stalattiti sgocciolanti, fra brandelli di velluto azzurro. Un vento caritatevole accarezzava i fiori secchi.

«Guarda, Sara. Sembra accorgersi della tua presenza. Sembra sorriderti, come un'amica ritrovata dopo tanto tempo. Inginocchiati.»

Sara si inginocchiò accanto a quella donna morta da secoli provando l'assurdo sentimento che acquistasse subito, con lei, una confidenza intima e soavemente femminile.

«Guardala attentamente.»

La reliquia teneva le mani sul petto, non con un gesto funebre, bensì con la malizia di una donna seducente che, in un dipinto, si copra i seni nudi. Forse era la suggestione del venticello, sulle sue labbra era come se corresse un fremito in cui si poteva immaginare la supplica:

"Non lasciarmi sola."

A Sara venne da dire:

«Marlene non sta più insieme a mio padre, vero?»

«Tu l'avevi già capito.»

«Sì, Samuel.»

«Ma, d'ora in poi, avrai a proteggerti una madre più grande e degna di te. Come questa che stai scrutando, e ti sembra viva, e tu la senti vicina...»

Nel silenzio arrivò dall'esterno una canzonetta. Gli occhi vitrei della santa brillarono. Abituata alle secolari litanie – pensò Sara – doveva trovare il motivo della canzone delizioso. Se avesse potuto, ora gli occhi li avrebbe chiusi per assaporarlo più intensamente: quale assurdità che proprio a lei, morta da tanto, non fosse concesso di abbassare le palpebre. Aveva l'aria di chiedere a Sara:

"Vogliamo dunque stringerci la mano, amica mia, dal momento che stiamo provando la stessa malinconia?"

Samuel insinuò:

«Una madre esiste sempre per chi ha la coscienza di meritarsela.»

Sara mise la mano sulla teca, comprimendo le dita con forza, avendo l'impressione che le dita della santa riuscissero a combaciare con le sue... Si mossero per allontanarsi nel sole che sfiorava gli angoli della chiesa, spiovendo dalle colonne come da gole profonde, coi passeri che strepitavano di fuori. Allora, la santa amica sembrò cedere al terrore di venire abbandonata nella solitudine votata alle tenebre. Uscirono rapidamente dopo un ultimo sguardo: al centro del grande vuoto, un piccolo corpo, dal quale il sole si ritirava adagio, con rispetto. La campana si faceva di nuovo sentire.

Samuel disse:

«Il resto, credimi, non è che un confuso dolore, dove gli uomini si confondono.»

Ci sono immagini, visioni, che aprono squarci nel cervello. A ogni età. Che rafforzano la conoscenza con la constatazione.

Sarajevo.

Le suggestioni, i miraggi della Dalmazia e della Croazia lasciate irrimediabilmente alle spalle.

L'assedio di Sarajevo. Il suo inferno.

Visioni che dovevano entrare negli occhi di Sara. Il confuso dolore, come aveva detto Samuel, dove gli uomini si confondono. E Samuel si era proposto, fin dalla partenza, quest'ultimo scopo.

... «Che la fortuna vi assista!»

Non c'era nessuna ironia nella voce del miliziano serbo in tenuta mimetica, bardato di cartuccere, con bombe a mano appese alla cintura. Appena ebbe restituito a Samuel il lasciapassare corse a ripararsi nel suo rifugio, un container crivellato di colpi, nascosto sotto i sacchi di sabbia. Da una feritoia usciva la canna di una mitragliatrice puntata verso la strada che Samuel stava per prendere. Davanti a lui si stendeva il paesaggio desolato della periferia di Sarajevo. Una zona industriale, con capannoni squarciati dalle bombe, disseminata di veicoli carbonizzati e sventrati.

Un crepitìo di mitragliatrice lontano, poi un'esplosione sorda di mortaio sulla sinistra della strada, seguita da una colonna di fumo grigio. Tre vecchi jet dell'ex aviazione jugoslava finivano di marcire su un terrapieno. Si avvicinò un sottufficiale con l'elmetto, infagottato nel giubbotto antischegge:

«Siete pazzi a proseguire» avvertì.

Ma Samuel proseguì.

... «Hai paura?» chiedeva a tratti.

«Non ho paura» rispondeva Sara.

«Lo vedi? Sei donna. Lo capisci che sei già donna? Stai provando la pena di cambiare pelle, Sara. La pena o la consolazione, chissà.»

... In Sarajevo. Non si vedeva anima viva. I combattenti erano nascosti tra le macerie. Degli edifici restavano solo pezzi di muro, tetti sfondati, mucchi di detriti. Samuel aggirò uno sbarramento improvvisato composto da numerosi camion ribaltati lungo il ciglio della strada, poi passò accanto a una vettura tranviaria ferma in mezzo a un rondò, abbandonata, mitragliata, con i vetri rotti. Raffiche echeggiavano un po' da tutte le parti, senza che si capisse chi sparava, e contro chi.

A ogni istante, Samuel si aspettava di veder esplodere la sua macchina. I minuti del viaggio gli parevano interminabili.

... E intanto parlavano, per l'ultima volta, dei piccoli e grandi drammi della loro vita:

«La rivedrò mia madre?»

«Dipenderà da te.»

«Spiegami.»

«Dovresti rivedere una donna capace di sconvolgere un uomo, scatenare desideri, ammirazione... Una donna che ti ha passato la sua eccezionale avvenenza, e questo è già un privilegio, certo... Ma il resto?»

... Samuel si voltò inquieto e, alla sua sinistra, vide una donna, l'unica visibile in una totale assenza di anime, che gli faceva cenni disperati invitandolo a tornare indietro. Alla fine la donna imitò il gesto di un tiratore che sparava con un fucile invisibile. Samuel capì: quello era il "viale dei Cecchini", la grande arteria che attraversava Sarajevo da est a ovest, sottoposta al fuoco dei serbi che occupavano tutte le alture a sud della città. Una precipitosa retromarcia lo portò in una zona meno pericolosa.

«Il resto...» riprese Samuel «è qualcosa di ben più prezioso, Sara. Bisogna parlare d'anima, in questi casi: bloccata, in tua madre. Come l'anima di questa terra che stiamo attraversando. Sepolta sotto un delirio di bombe e macerie, di distruzione senza senso, di un egoismo privo di ragione... Una donna che si ricorderà di te per il solo fatto di averti generata... Inutile cercare di farle rinascere un sentimento. Gente così va solo detestata!... Detestata, Sara!»

Sara ingenuamente disse:

«Avrò l'anima di mio padre.»

«Già. Ma non basterà... Forse ti servirà quel tanto di follia che, dalla nostra razza senza patria, è passata in me, e mi ha dato il coraggio delle cose estreme, il coraggio di interpretare la vita al di fuori di ciò che la vita combatte o sublima, secondo i suoi schemi banali.»

«E cos'è questa follia?»

Uno stormo di uccelli stava sorvolando Sarajevo distrutta. Uno stormo immenso, che dava al cielo il suo colore. Samuel frenò, uscì dall'automobile. Sara lo vide sollevare il braccio, all'improvviso, esclamando:

«Guarda! Guarda!»

Anche Sara guardò in su.

«Mio padre la chiamava l'*alma griméttà*, Sara... Quel tocco in più di un'anima, anche bizzarro e stravagante. Che non si lascia definire, che se ne infischia dei giudizi e dei calcoli... E tu ce l'hai Sara.»

Una piuma stava scendendo dal cielo, dal mare di uccelli che lo stavano attraversando. Non lasciavano che quel segno, immacolato e solitario, che ondeggiava nel crepuscolo. Col volto sorridente, Samuel ci andò sotto, anche lui ondeggiando qua e là a braccia aperte, fino a farsi cascare la piuma sul naso.

Portandosela poi così, in bilico.

Ci sono momenti – conveniva Samuel – che bisogna starci attenti con l'addio, sia nel darlo che nel riceverlo.

Specie quando ti accorgi che il mondo è lì, smemorato e distratto nella sua innocenza, chissà per quale inaspettato stato di grazia, dopo tante peripezie. In un momento come quello, dove nulla sgarra, tutto gira con armonia, e non c'è una tenda di traverso, è proprio rischioso arrivare alle spalle del mondo per il solo gusto di dire: addio.

Anche perché non si sa mai bene in queste faccende, e può persino accadere che proprio addio non sia.

Samuel morì due mesi dopo.

In un giorno così.

Il narratore sfoglia e legge altri appunti, altre pagine d'occasione, nei quaderni di Sara ripescati dal passato:

'Stavo inginocchiata accanto alla fossa dove avrebbero sepolto Samuel.

Mi ero alzata all'alba. Mi ero vestita. Mi ero proposta di non cedere minimamente alla commozione. Ciò che stavo per fare valeva la mia commozione più grande. Gli atti. Non le lacrime.

Ero entrata nel cimitero per prima. Nel cimitero deserto. Non era ancora arrivato nessuno. Soltanto il guardiano, che non mi chiese nulla. Mi lasciò fare. Quando hai la volontà dentro, spinta al massimo, nessuno s'azzarda a ostacolarti. Sono, magari, le conseguenze del tuo agire che ti ostacolano. Ma, delle conseguenze, non mi importava.

Andai a inginocchiarmi accanto alla fossa. In modo da essere davanti a tutti. E mi dissi: non mi muoverò da qui, e da questa mia posizione, anche se le mie ginocchia si spaccheranno e mi sanguineranno. Non mi muoverò e tutti saranno costretti a vedere che non mi muovo: sarò una cosa sola con questa terra e questa erba dolce che la copre, con la fossa scavata sotto i miei occhi, e poi con Samuel, nella cassa che l'ospiterà in eterno, coperta dalla stessa terra che mi tormenterà le ginocchia.

Mi dissi: io sono io, comunque io sia, e non m'importa come, d'ora in poi devo andare avanti vedendomela con me, e con nient'altro, nessun altro.

Samuel si era meritato il mio proposito. Si era meritato il mio amore nel modo che ora constatavo giusto, cominciando dal dubbio, quasi dal disamore per me in quanto figlia di una donna detestata e di un fratello che l'aveva fatto soffrire pur senza volerlo, poi via via lasciandosi conquistare da ciò che io, a chi vuole amarmi, potevo e posso dare.

Si era identificato con me. E io con lui.

Rimasi inginocchiata e immobile, fissando la lapide di Samuel, anche quando la gente cominciò a radunarsi alle mie spalle. Ero così ferma e determinata che nessuno, di nuovo, osò dirmi nulla. La circostanza favoriva un silenzio superiore ai silenzi occasionali, una riverenza anche per chi, come me, si stava comportando fuori dalle regole, ma con una sregolatezza che era una forma massima della religiosità.

Precocità, la mia? Avevo la nausea di questa parola. E di Mozart e dei prestigiosi minuetti dei suoi cinque anni. Al diavolo. Io ero io, e così mi andava di fare. E Samuel, da vivo, sarebbe stato soddisfatto e mi avrebbe approvato. Questo sì che contava per me.

Alle mie spalle si radunarono tutti coloro che avevano voglia di radunarsi. Non mi girai un solo istante, per constatare chi fosse presente. Avevo amato mia madre, e avevo sbagliato. Ma ero certa che madre Marlene non era presente. Avevo amato mio padre e ancora, dentro di me, lo amavo profondamente. Ma lui, proprio lui che mi aveva insegnato che l'esistere è musica, è ritmo, aveva premuto molti tasti sbagliati, aveva stonato, non sapevo come, tuttavia aveva stonato.

Sicuramente mio padre era presente alle mie spalle. Mi auguravo che non mi venisse accanto. Dio mio fa che non mi venga accanto – pregavo – a dirmi parole di circostanza, a farmi gesti di circostanza. La sua grandezza, se ancora la possedeva, si sarebbe espressa nel comprensivo rispetto di sua figlia che se ne stava immobile, in ginocchio, accanto a una fossa che avrebbe ospitato l'eternità di suo fratello.

Così fu, infatti.

Ero sola nell'amore per mio padre. Sola, immensamente, nell'amore per Samuel: ma era ben diverso, esiste una solitudine che ha mille tentacoli con le presenze amiche disperse nel creato. Il più grande omaggio che potevo fare a Samuel.

Il prete disse ciò che doveva. Non mi toccò nessuna di quelle parole. Dio, semmai, si racchiudeva nel corpo di Samuel quando lo calarono nella terra, e io mi rividi insieme a lui, nel momento in cui era uscito dall'automobile nel disastro di Sarajevo, alla fine del nostro viaggio, e si era fatto cascare sul naso la piuma che cadeva dal cielo.

Per strapparmi un sorriso. E per farmi capire cosa intendeva per quel tanto di follia senza pazzia, la sua, con la quale ora gli stavo esprimendo tutta me stessa.

Non mi mossi finché non mi resi conto che la piccola folla, alle mie spalle, era scomparsa.

Le ginocchia, torturate, mi sanguinavano.

Ma io mi allontanai, stringendo i denti, dal cimitero deserto.'

Il padre

'Lo sapevo dove mio padre mi avrebbe aspettato. In salone, seduto in un'ombra d'angolo. Entrando, non lo avrei visto subito. Entrai e finsi di non vederlo. Mi diressi al pianoforte. Finsi anche di raccogliermi in me stessa. Presi a battere i tasti con un dito.

Mi ritrovai la sua mano sopra la mia. Il suo fiato mi accarezzò il collo.

Avrei voluto che la sua voce non mi desse quell'emozione. Era stanca. Ma anche lui fingeva: di non averla, quella stanchezza. Fingere insieme fu la nostra comunione. Mi scostò le dita dai tasti:

«Non così, Sara, se vuoi esprimere la tua tristezza.»

Non mi girai. Gli risposi:

«Quale tristezza?»

Esitò. E io, insistendo:

«Quale tristezza?...»

Le sue dita si mossero subito lungo la tastiera, con la maestria che mi aveva sempre incantato. E che, ora, mi appariva inadeguata al vuoto che stavo provando.

«È un *Notturno*, Sara... Di Chopin.»

«I miei erano semplicemente suoni che non volevano esprimere nulla. Forse, anche suoni così fanno parte della musica.»

Appoggiò la testa sulla mia spalla. Cercò di girarmi:

«Fatti abbracciare, Sara.»

Gli chiesi a bruciapelo:
«Perché non hai suonato niente in nome di Samuel?»
Cercò di giustificarsi. Si confuse:
«È accaduto tutto così precipitosamente.»
Mi girai, ma senza abbracciarlo. Anche se, in quel momento, avrei voluto abbracciarlo con tutta me stessa. Invece, con dolore, lo spinsi a scostarsi:
«Samuel si meritava che suonassi per lui.»
«Lo so.»
«E tu mi hai deluso.»
«È che non so più come comportarmi con le mie emozioni.»
«È per questo che, da un po' di tempo, non ti esibisci più al pianoforte?»
«Come lo sai?»
«Me l'hanno detto.»
«Chi era, a dirtelo, Samuel?»
«Sì. Anche lui. E lo diceva con amore e con dispiacere.»
Si sorprese:
«Credevo che mi detestasse. Che gioisse di certi miei guai.»
«Giuralo che lo credevi.»
Ci unì un lungo silenzio. Non riuscimmo nemmeno a guardarci negli occhi:
«No. Non lo credevo. Lo temevo... Davvero la sola idea mi feriva.»
«Tu non sai fino a che punto Samuel ti amava. Aveva un'anima bella, un'anima pulita.»
«Perché ci sono cose, Sara, che...»
«Che io non posso capire?»
Non mi rispose.
«Lui me le spiegava. E sarebbe stato più giusto che a spiegarmele fossi tu... Mio padre... Con le tue parole.»
«Ma io sono qui per farlo.»

«Quando mi sentirò di ascoltarti... I giochi da bambina sono finiti. E i tuoi guai li conosco... Ma tutto è accaduto così precipitosamente, l'hai detto tu. E le tue parole...»

Non sapevo come dirlo. In realtà avevo uno scopo, che volevo restasse inconfessato. Desideravo che alla sua confessione, d'altra parte scontata, lui si aprisse al momento che serviva a me:

«Le tue parole...»

«Adesso non sarebbero serene. È questo che intendi? Che potrebbero sembrarti una scusa. Se tu lo senti, è vero...»

«Sì, lo sento.»

«Allora, quando vorrai tu.»

Mi passò una carezza, dicendomi, con sincerità:

«Ti chiedo scusa.»

Scivolai via dal suo possibile abbraccio.'

'Non lo persi di vista un istante.

Lo sorpresi più volte davanti al ritratto di Marlene in salone. E nel guardaroba, dove i vestiti di mia madre erano stati rimessi a posto, in attesa di un ritorno che non era mai avvenuto.

Quando lo vidi entrare nella camera di mia madre, anch'io mi insinuai alle sue spalle. Nel filo di luce dalla finestra, il biancore ottuso della polvere isolava gli oggetti come in un tempo lontano, già morto. Sapevo l'effetto che faceva. Mio padre si guardò intorno e mi sembrò vacillare. Lasciai che passasse le dita attraverso una fotografia impolverata di Marlene. Allora gli arrivai accanto. Ebbe un sobbalzo. Ci scrutammo entrambi nello specchio della toeletta, dove la polvere faceva affiorare solo frammenti dei nostri due volti. Come se fossimo stati tagliati a pezzi. Passò un brivido anche in me: mi ricordai quando, tagliata a pezzi nello specchio in cui mia madre si ammirava, mi ero ritrovata da sola.

Ora eravamo insieme. E quel brivido era una nostra comunione. Mio padre non sapeva che dire. Per vincere l'imbarazzo, mi annunciò che, nel giro di pochi giorni, avremmo lasciato Villa Kar. L'avrei seguito. Sarei andata a vivere con lui:

«Così conoscerai il mondo, Sara.»

«Io, il mondo, già lo conosco. Il mondo di Dio che ha creato le Isole Incoronate, gli arcipelaghi, i giardini con migliaia di piante di specie rare, le cicogne nere. Tu non le hai mai viste le cicogne nere? Il mondo degli uomini che, come te, sono stati artisti, e hanno creato le cattedrali, dipinto meraviglie. Il mondo dei santi e delle sante che continuano a vedere l'eternità con gli occhi di vetro... E anche il mondo degli uomini che si ammazzano senza senso.»

Era troppo turbato dalla camera di Marlene. E distrattamente mi rispose:

«Questi sono sogni, Sara. Hai avuto, fin da piccola, una gran bella fantasia. Ma fra il sogno, la fantasia e la realtà...»

Notai che stava scrutando il punto in cui, nella parte destra, lo specchio era stato scheggiato dal colpo di forbice. Lo toccò usando, di nuovo, le punte delle dita. Gli dissi:

«Fantasie, può darsi. Nel tempo in cui mi hai lasciata sola, mi sono servita anche di ricordi. Per farti un esempio, ho ricordato ciò che stai ricordando tu in questo momento...»

Ho sollevato la forbice posata sotto la scheggiatura.

«Il giorno in cui hai litigato a morte con mia madre, e lei ha impugnato questa forbice per affondartela nel cuore. E c'è stato un attimo... Un attimo in cui stava per farlo, per ucciderti, e tu eri bianco come un cencio, fermo, senza la forza di reagire. Poi la mano di Marlene ha piantato le lame in quel punto, come una furia.»

L'avevo lasciato senza fiato. Concedendomi un sorriso, aggiunsi:

«È bello poter dividere insieme certi ricordi ed essere ancora vivi.»

Convenne, con desolazione:

«Eh, già.»

Ero stata crudele con lui. Era la prima volta. Non

sarebbe stata l'ultima. Se volevo recuperare mio padre, era necessario.

«Dammi il braccio» gli dissi.

Me lo diede, affettuosamente. Però mi chiese:

«Perché?»

«Perché vorrei che mi portassi a fare una passeggiata.»

«E dove?»

«Nel giardino. Passeggiare insieme aiuta a conoscersi.»

Mentre ci si avviava, e prima che potesse interloquire, continuai:

«Dobbiamo fare un gioco, che forse gioco non è. Ma tu prendilo come un gioco, perché così si usa... Se due persone vogliono arrivare a sentirsi una sola persona, devono prima fare conoscenza, poi diventare amici, se provano il desiderio di esserlo, e da amici, se sono un uomo e una donna, può capitare che vadano oltre...»

«Ma che stai dicendo? Noi siamo un padre e una figlia. Io sono tuo padre. Io...»

«Tu calmati e lasciami finire. Quando ti senti in difetto, sei insopportabile.»

Sfilò il braccio dal mio. Tornò a prendermi sottobraccio.

«Quante volte mi hai detto che la musica è un grande gioco. E se non c'è gioco non è grande musica.»

«Esatto. È così.»

«Mentre la vita è quello che è. Se la si lascia fare, spesso umilia il sorriso, distrugge. Bisogna tenerla a briglia come un cavallo, farla diventare un gioco. Guarda che sono cose che, a suo tempo, mi hai detto tu. Io ricordo tutto quello che mi hai detto. Parola per parola. Mi sono ripetuta per anni certe tue frasi di quando eravamo veramente un padre e una figlia... E allora dimmi: oggi potresti sostenere che tu conosci me, e io conosco te? Che siamo amici? Tu mi hai messo al mondo, è vero, ma poi? Tu sei tornato qui a riprendermi, con i tuoi sentimenti altrove, perché...»

«Perché ti voglio bene, Sara.»

«Il bene di un padre, in sé, a che serve? Non fare quella faccia se ti dico queste cose. Samuel mi ha insegnato bene.»

«Cosa?»

«Tutto ciò che avrei dovuto dirti quando ti avrei rivisto. Perciò facciamolo questo gioco... Io mi chiamo Sara, tu ti chiami Tommaso. Per ritrovarci davvero insieme, proviamo a ripartire da zero.»

Mio padre, ora, rimuginava:

«Samuel... Sono parole di Samuel.»

«Sì. E anche quelle le ho imparate a memoria. Se non ripartiamo da zero, potrebbe essere un disastro. Un padre e una figlia come ce ne sono a milioni... Con niente che li leghi, che gli scaldi davvero il sangue, che li faccia sentire una sola persona. Una figlia che aspetta e sopporta qualche anno per andarsene poi per la sua strada a fregarsene di suo padre, e un padre obbligato a non fregarsene di una figlia solo per dovere, magari con la testa distratta da lei...»

«Parole di Samuel» ripeteva. «Parole di Samuel.»

«Parole di Samuel» confermavo. E poi: «Allora, vuoi farlo, questo gioco? Io Sara... Tu, Tommaso. Piacere di conoscerti».

Sorrise. Era la prima volta, da quando era tornato, che mi sorrideva con convinzione:

«Perché ti piace farlo, questo gioco?»

«Perché amo la musica che mi hai passato nel sangue, per aiutarmi a vivere. Come l'amava Samuel... Mi ha aiutato a sopportare mesi di solitudine.»

«Anche queste sono parole di Samuel?»

«Vorrei che fossero mie. E invece no. Anche queste sono di Samuel.»

Cominciammo la nostra passeggiata di conoscenza attraverso il giardino.

«Ti racconterò delle cose. Tu ascoltale e basta. Non obiettare nulla. Promesso?»

«Promesso.»

Ci inoltrammo. Gli indicai il primo punto:

«Qui ho ordinato a uno di uccidere. "Uccidi il mastino." L'ho ordinato a Max. Perché il mastino distruggeva le piante e i fiori. Anche le piante e i fiori esotici che proprio tu avevi fatto crescere, portando semi e bulbi da ogni parte del mondo. Qualcosa di tuo che amavo.»

Mi spostai sulla fossa del mastino:

«E qui, invece, ho pianto sulla carcassa del mastino a cui Max aveva tagliato la gola, e ho pianto perché avevo capito che l'ordine di uccidere l'avevo dato a Max in quanto avrei voluto veder morto lui, anche lui, soprattutto lui, Max... Perché mi toccava, con le sue mani che mi facevano ribrezzo, non perdeva occasione di toccarmi.»

Raccontavo con ritmo. Mi spostavo con quel ritmo che mio padre mi aveva raccomandato di usare nei momenti cruciali.

Mostrai i fiori e le piante i cui intagli a grumo ricordano il sesso femminile. E descrissi a mio padre il calabrone, e come mi ero resa conto di portare fra le gambe l'amica con cui avevo dialogato con felicità. E non trascurai nulla di quando mi aveva sorpreso il cane delle dolcezze...

Non davo tregua a mio padre. Raccontavo concentrata. Non mi giravo nemmeno a verificare l'effetto che potevano fargli le mie rivelazioni. Dovevo chiudere un periodo della mia vita. Di un luogo. La prigione di un'età, di un luogo.

«Guarda qui... Qui...»

Gli facevo scoprire come il giardino fosse gremito di amori. I piccoli animali che si accoppiavano senza sosta. Le formiche, le chiocciole, le libellule, e la mosca goffa che aveva bisogno di essere agevolata.

Ci trovammo di fronte Max. Stava rannicchiato. Alla vista di mio padre si alzò di scatto. Portava uno strano berretto nero, alla russa, e si affrettò a levarselo.

«Max è in pausa» dissi. «Di solito si aggira per spiare le coppiette che si intanano a fare porcherie. E se può ne approfitta. E qui» indicai il punto esatto «il tuo Max, che tu hai sempre protetto, ha tentato di violentarmi... Esattamente in questo punto, vero, Max?»

Max ebbe una scossa. Si agitò, mosse le gambe, come se tentasse di fuggire.

«Mi sono ritrovata il suo cazzo enorme fra le cosce. Ma ho saputo come ricambiarlo, vero, Max?»

Mi intromisi. Non appena mio padre fece l'atto di scagliarsi su Max. Lo spinsi via, gridando:

«Vieni, non è finita. Vieni.»

Ora correvo fuori dal giardino. E indicavo con un gesto la vegetazione oltre il giardino:

«E là io passavo giorni e giorni sepolta sotto il mio mare immaginario, per non pensare a te, e a tutto quanto ti riguardava, dopo che tu e Marlene avreste dovuto arrivare insieme, e invece non siete arrivati, e io allora ho capito che la mia vita era distrutta. Che tu e Marlene avevate distrutto la vostra vita e la mia.»

Stavo trascinando mio padre là dove non aveva mai messo piede, verso quello che era stato lo studio sotterraneo di Samuel... Gli feci strada, lo spinsi dentro, e lui si trovò a girare lo sguardo su una realtà che lo sconvolse... Il sacrificio e l'amore di Samuel, il mare delle locandine dei suoi concerti appese alle pareti, le sue foto prive della figura di Marlene, le testimonianze e i simboli di tutta la vita sua, e della sua musica, davanti ai suoi occhi...

Mio padre si abbandonò su una sedia. Lo vidi piangere.

Mi avvicinai a un ingrandimento fotografico. Ripetendo a voce alta ciò che Samuel aveva esclamato indicandomelo:

«Eccolo, Tommaso. Ammiralo.»

La mia memoria aveva conservato ogni dettaglio di quella scena. E io la rivissi, sempre a voce alta. Quando, nell'immagine, mi aveva sconvolto la bellezza di quell'uomo che era mio padre, ma stentavo a riconoscerlo. Il volto stagliato, l'espressione compenetrata e austera, il mento appoggiato con leggerezza alla mano dalle dita lunghe e flessuose: lo strumento primo della musica. Mio padre che stava seduto davanti a un pianoforte, il gomito sulla tastiera in parte immersa nella penombra. Di un bianco splendente gli ultimi tasti sulla destra. Mio padre che non guardava l'obiettivo, era calamitato da un punto a mezz'aria, un punto che doveva racchiudere la sua ispirazione, e che curiosamente coincideva con la mia altezza di bambina. Sembrava scrutare me che lo scrutavo.

Commentai a voce alta, con le esatte parole che Samuel aveva usato:

«È bello, vero? Questa immagine è di una celebre fotografa ungherese che ha immortalato nei suoi ritratti i più importanti personaggi del Novecento.» Poi, rivolta a mio padre: «Te la ricordi?».

Stavamo lasciando Villa Kar.

Una mano, la mia, aveva fatto cadere il ritratto di Marlene nel salone. E quando si era accartocciato ai miei piedi, mi ero augurata di non udire mai più le grida perverse con cui le zie mi avevano perseguitata: "È già pazza come Marlene. Si è vestita come sua madre. Lo vedi l'istinto? Già puttana come lei".

Eravamo in macchina. Pronti a partire.

Max era stato cacciato. Ci apparve come un'ombra lontana, fra gli alberi, estromesso anche dall'unico privilegio a cui avrebbe tenuto: baciare le mani al suo padrone, in segno di deferenza, e poi dargli il suo addio.

Anche le zie mi apparvero lontane, due alberelli secchi, che salutavano muovendo le dita.

Quando la macchina si avviò, dissi a mio padre, trovando persino un sorriso adeguato:

«Ecco. Adesso puoi dirmi: ti conosco. Adesso possiamo dirci: dobbiamo cercare di diventare amici. E poi... Poi vedremo. Il gioco continua, Tommaso.»'

'Mi imponevo: "Non lasciarti distrarre. Non lasciarti confondere".

Le varie residenze di mio padre. La casa romana. La casa a Londra. Le settimane a Parigi. I grandi alberghi. Avrò modo di raccontare tutto questo.

Ma la mia fissazione fu il rapporto fra me e lo specchio.

Ogni sera, mi mettevo nuda davanti allo specchio. Controllavo il mio corpo. Lo vedevo delinearsi nelle sue forme con una rapidità che sorprendeva me stessa. E mi sorprendeva la somiglianza, sempre più esatta, col corpo di mia madre. Sbocciava in me una Marlene che, in più, aveva un'anima. Un'anima sulla quale Samuel, e le sue profezie, non avevano avuto dubbi.

Uscivo, via via, dalle nebbie residue della mia ingenuità, e la mia consapevolezza si faceva sempre più matura. Ero molto bella, e il corpo si faceva sempre più desiderabile.

Mio padre, da dietro la porta, mi incalzava:

«Sara, sei pronta?»

«Sì. Un attimo e sono pronta.»

Mi rivestivo in fretta:

«Sì. Entra.»

Entrava, mi trovava vestita e pronta. Ma prima che quella porta si aprisse, il cuore mi batteva sempre, la tentazione era fortissima. Sarebbe venuto il momento che l'avrei aspettato in piedi, ferma davanti allo specchio, nuda. Per mostrargli che mi era sbocciata la bellezza fisica di Marlene. Una Marlene che, in più, aveva un'anima.

Dovevo sbloccare questa attesa. Attuare al più presto il mio proposito.

Il resto era tutto una complicazione scontata. Mio padre insisteva per spiegarmi com'era andata con mia madre. Ma io non avevo bisogno di sentirlo dalla sua voce. Samuel, dopo il nostro viaggio, mi aveva consegnato le lettere che mio padre gli aveva inviato nel pieno della crisi: due lettere chiare, definitive. Ne rileggevo dei passi, che ogni volta mi ferivano e, al tempo stesso, mi spronavano. Allora, quando la sera verificavo il mio corpo, lo esortavo a fare in fretta. A manifestarsi in fretta:

Caro Samuel,

l'abbandono e il tradimento sono una delle sofferenze maggiori che un essere umano può incontrare nella propria esistenza. Ma, per me, non è stata questione di tradimento in sé. È stato scoprire che Marlene mi tradiva con uomini che erano nulla, non avevano un senso. Peggio dei pirati che falsificano le mie esecuzioni, ladri millantatori della mia arte... Io ero dunque sostituito da una realtà umana inesistente. Mi era persino negata la sofferenza di immaginare Marlene fra le braccia di altri. Di che dovevo soffrire? Della mediocrità assoluta? Mi era negata questa forma di morbosità che può eccitare il dolore, portare a forme di disperazione creativa... Mi chiedevo perché Marlene facesse tutto questo. Forse, negli uomini con cui mi tradiva, era attratta dal vuoto che abitava anche lei? Oppure era un suo calcolo affinché mi sentissi un nulla anch'io? Voleva asservire la mia mente, oltre che il mio corpo? Non ho saputo rispondermi. O forse non ho voluto... Mi ha portato fino al punto di disamorarmi della mia musica. La rifiutavo. La odiavo...

... Mio padre incontrava molte persone. Continuava a dare le sue lezioni, a esercitare l'insegnamento.

Lunghe sedute con chi lo esortava a tornare alla ribalta, a rivelarsi nei suoi concerti. Ma lui rispondeva con l'apatia. Rifiutava. Si chiudeva. Come quando le donne lo inseguivano, e lo vedevo tentato, ma poi le tentazioni svanivano in fretta... Piuttosto di uscire con loro, mi diceva: «Vieni qui, Sara, anche se in certi momenti non ho nulla da dirti, o tu non hai nulla da dirmi. Oppure andiamo in qualche ristorantino». Io avevo, invece, molto da dirgli. L'amicizia nata fra noi consisteva, per ora, in questo: convincerlo a riprendere fiducia in se stesso e desiderio per la vita, farlo uscire dallo stagno profondo in cui l'aveva inabissato la perdita di Marlene.

... Caro Samuel,

cacciarla via, Marlene? Mi era impossibile. Ho sempre avuto un bisogno disperato di femminilità, non tanto per ragioni sentimentali o sessuali, ma per un sublime egoismo, perché solo l'amorosa cura della femminilità nei miei confronti mi pareva madre della musica che potevo interpretare, esprimere... L'egoismo, la vanità per l'essere amato, vezzeggiato. La mia fama, il mio aspetto, mi facilitavano in questo. Potevo avere tutte le donne che volevo...

Ma Marlene era in sé, fuori e dentro il mio cervello, l'immagine più perfetta della femminilità. Mi bastava vederla intorno a me, anche se silenziosa, anche se distratta, anche col mio dubbio che pensasse a un altro, per capire che nessuna poteva sostituirla... E sopportavo tutto. Finché il nulla, dentro di lei, non ha avuto la meglio... Gli uomini straccio a cui si dà sono, in genere, pieni di denaro. Non darmi dell'ingenuo, ma questo lo credo sinceramente: il denaro non l'ha mai attratta... Il vuoto, il suo vuoto, l'ha risucchiata via da me, come un turbine...

... Insistevo con mio padre:

«Voglio che tu torni a fare un concerto dei tuoi. A incantare le platee. E voglio che mi porti con te, in prima fila, come portavi Marlene. Io, al posto di Marlene.»

Sorrideva. Con stanchezza.

Le mie parole non servivano. Lo sapevo perfettamente. Sapevo cosa sarebbe servito.

E arrivò la sera.

Mi arrivò la sua voce, dal fondo del corridoio:

«Sei pronta, Sara?»

Non risposi subito. Aspettai ferma di fronte allo specchio. Nuda.

«Entra.»

Entrò. E mi resi conto che, anche in lui, c'era stata l'attesa di quel momento. Provò lo stupore che aveva aspettato di provare. Con quell'intensità. Certamente avvertì il mio pensiero:

"Finché sarà necessario, io sarò, per te, madre Marlene. Ma come madre Marlene avrebbe dovuto essere."

L'importante era che mi dicesse, continuando a scrutarmi:

«Mi piace guardarti, Sara. Sei molto bella. E so che mi ami.»

Lo disse.

Accettò di esibirsi in concerto, dopo molto tempo. E io sarei stata al suo fianco.

Il gioco continuava alla perfezione.'

Il Budda ragazzina

Sara avrebbe ricordato per sempre, come luminoso trapasso fra la prima e la seconda fase del "gioco" con Tommaso, il concerto in Giappone, a Kyoto. Una notte magica con le interpretazioni di Debussy: *L'île joyeuse*, *Images*, *Préludes*. E poi l'alba nel tempio di Koryuji, ai piedi del Budda più bello del Giappone e forse del mondo. A Sara, condotta per mano dal padre, giunse dal giardino il profumo dell'incenso che veniva a spirali da bastoncini disposti fra vialetti, stagni e ruscelli. Entrò in un lungo padiglione oscuro, quindi in un altro: le stanze si susseguivano impregnate di incenso e colore dell'oro patinato. D'improvviso, ai suoi occhi, apparve un Budda di legno che si illuminò nell'istante stesso in cui lo scrutò: la luce era rosata, e il Budda che la emanava non si capiva se fosse un fanciullo o una fanciulla adolescente, con un cappellino e una mano sollevata all'altezza del mento.

Tommaso disse:

«È una ragazzina, Sara. L'unico Budda ragazzina. Come te.»

Il Budda aveva un lieve sorriso. E teneva il braccio ripiegato con le dita sottili unite al pollice e all'anulare, le altre dita danzanti in una leggera incurvatura verso l'esterno. Sara aveva dita simili. E avrebbe potuto sorridere allo stesso modo. Lo fece. Subiva una sorta di distacco dal proprio corpo, quasi fosse animata dal corpo ligneo della statua. Fu in quell'istante che Sara udì il suono prodotto da una canna di bambù in un punto del giardino. Tommaso la condusse verso quel toc toc nel grande silenzio.

La canna era posta in equilibrio fra un ruscello e uno specchio d'acqua sottostante. L'acqua si infilava colando dal ruscello, percorreva la canna, poi saltellava in basso nel limpido stagno di ninfee dalle larghe foglie. La canna appesantita dal flusso che scorreva all'interno si piegava fino al bordo della pozza e una volta svuotata tornava a riempirsi di nuovo. Nel farlo, batteva contro il bordo di pietra con un suono secco:

«Ascolta, Sara. Anche questo è musica.»

Allora si operò una scena simile a un miraggio. Fluirono nel giardino ragazzi e ragazze che, poche ore prima, si erano adoperati nel teatro dove era avvenuto il concerto, affinché le esecuzioni di Tommaso potessero svolgersi al meglio. Avanzavano e si immergevano, lentamente, nello specchio d'acqua, e immergendosi si denudavano.

Anche Tommaso si sentì spinto a togliersi i vestiti. A immergersi. Si girò verso Sara e tese le braccia:

«Avanti, Sara. Spogliati. Non temere. È un rito.»

Apparvero sottili salviette di spugna di lino. Non per asciugarsi. Per tergersi. Passarono di mano in mano. Le mani di Tommaso passarono sul corpo della figlia. Altre mani si intrecciarono su di loro.

Anche sul Budda ragazzina passarono molte mani.

Tommaso disse:

«Sara, dovremo vivere sempre così, io e te.»

L'Accordatore

stere Tommaso che per occuparsi del

Sara si ripeteva quelle parole. Come per convincersi che avrebbero potuto avere un futuro. Si chiedeva se, mentre lei portava avanti il suo gioco, aspettando le occasioni propizie, il proposito del padre si sarebbe imposto, davvero, sulla realtà delle cose. Un malessere, nell'aria, le rendeva a volte estranea la casa romana. Notava che, sulle pareti del salone, spiccavano soltanto le gigantografie dei grandi pianisti del secolo: Horowitz, Rubinstein, Cortot... Sara non sapeva riconoscerli.

Fu Krystian, l'accordatore, a illustrarle quei personaggi. Il ragazzo viveva in una dépendance al di là del giardino. Arrivava puntualmente, più per assistere Tommaso che per occuparsi del pianoforte. Le spiegò che, nei giorni più amari della sua depressione, Tommaso aveva strappato via dalle pareti le proprie immagini, sostituendole con quelle di chi riteneva più degno di lui.

I pianisti scelti sembravano scrutare con imbarazzo le impronte lasciate dai ritratti asportati.

«Parlami di mio padre. Chi meglio di te?»

«Poco da aggiungere a ciò che sai anche tu. Tuo padre si era azzerato. La tua presenza qui dovrebbe cambiare le cose. Lo spero.»

«La separazione da mia madre?»

«Quello che ha scatenato è andato ben oltre. Incompatibilità con tutti, anche gli amici più cari, e soprattutto verso se stesso. Succede ai grandi musicisti... Mozart avvertì l'inutilità di tutto, e ne soffrì fino a morirne. Beethoven, se uno l'ascolta bene, è come mettersi un leone in casa... Schumann, forse, fa eccezione. Con la sua passione per Schumann, tuo padre è stato un interprete indimenticabile del suo *Carnaval*.»

«Vorrei capire cos'ha significato la perdita di Marlene. È stata un pretesto?»

«Accordare, anche le diverse realtà, è sempre un'impresa difficile, Sara.»

«Che vuoi dire?»

«Che, sì, per molti aspetti è stato un pretesto. Tuo padre aveva trasformato Marlene in un essere mentale. Una donna che non aveva difese, tantomeno la capacità di capire un artista... Il fatto è che tuo padre, a un certo punto della sua vita, ha avuto bisogno di autoflagellarsi.»

«Come si comportava mia madre, in questa casa, da puttana?»

Krystian disse, ridendo:

«Puttana, che senso ha? Passa per puttana qualsiasi donna che induce al suo servizio una certa quantità di uomini. E Marlene aveva questa abilità, fino a farsi del male.»

«È assurdo. Più chiedo di spiegarmi una parola che sembra così facile da dire, più ne ho spiegazioni complicate.»

«Anche accordare le parole è difficile.»

Krystian condusse Sara in soffitta:

«Qui, tuo padre aveva ammassato le foto e i quadri staccati dalle pareti, i diari, gli spartiti preziosi. Qualsiasi cosa a cui dava importanza.»

Tirò un cassetto. Estrasse una pistola. Fece scorrere il carrello, mostrando che c'era una pallottola in canna. Tese la pistola a Sara che, con sua sorpresa, la prese senza provarne timore:

«Non mi fa paura, Krystian. Mi sembra innocua.»
Il ragazzo confermò, ridendo:
«E lo è.»
Si riprese la pistola:
«La pallottola in canna è a salve. L'ho sostituita io. Quando temevo che tuo padre potesse realmente uccidersi.»
Sara vide la pistola impugnata sollevarsi sopra la sua testa. Lo sparo fece vibrare intensamente l'aria, le sembrò che i timpani le si spaccassero. Il ragazzo ripose la pistola nel cassetto:
«Questo sparo l'ho temuto per tanto tempo. Ogni volta che tuo padre saliva furtivamente quassù. Ignorava che la pallottola era a salve, ma se si fosse puntato l'arma alla tempia e avesse premuto il grilletto, avrebbe significato ugualmente che la sua coscienza si arrendeva alla morte.»
L'odore della cordite soffocava Sara. La testa le girava. Il ragazzo la sostenne:
«Uno sparo che vale come simbolo. Abbiamo sparato all'idea della morte e dell'infelicità... Abbiamo fatto un esorcismo, Sara. Lo vedi? Già ci lega qualcosa di importante. Questa casa andava esorcizzata, deve tornare a trionfarci la musica... E così hai capito fino a che punto il problema di tua madre Marlene fosse soltanto il frammento di un mosaico.»
Rideva di nuovo, Krystian, e apriva le finestre della soffitta, lasciando che il sole inondasse l'ambiente:
«Luce per te, Sara! Quanti anni hai?»
Lei fu sul punto di dirglielo. Poi non glielo disse.
A Sara piaceva, Krystian. Lo animava una dedizione illimitata a Tommaso, si considerava giustamente un tutt'uno col pianoforte che consentiva a Tommaso di esprimersi. E a questa genialità aggiungeva la sua, che per quanto tecnica, applicativa era anch'essa veicolo di atmosfere sognanti, sentimenti variati, toni lievi e toni gravi.

«E tu, quanti anni hai?»
Il ragazzo rispose con orgoglio:
«Tuo padre mi rimprovera sempre "Sei troppo giovane per essere il bravo accordatore che sei. Mi fai rabbia".»
«No, non dirmi la tua età» rettificò Sara. «Non voglio saperla.»
Era la prima volta che un ragazzo l'attraeva con un affetto immediato. Krystian non era bello, aveva il volto disarmonico, ma trasmetteva freschezza: di pensiero, di spirito, anche di una sensualità tutta sua, bizzarra. La sua simpatia senza imbarazzi era padronanza di sé, delle circostanze: una qualità che Sara scopriva preziosa. Le sembrò giusto lasciarlo in una gioventù indefinita, senza età. Come poteva fare con se stessa. Se l'era augurato: che una piccola finestra si aprisse fra lei e gli uomini, simile a quella della soffitta, che lasciava intendere quanto fosse estesa la città.
Un senso di respiro. La vita restava tutta da respirare, con l'aiuto della fortuna. L'affascinavano le mani di Krystian, mentre si muovevano fra i congegni del pianoforte Steinway&Sons da gran concerto. In casa c'erano tre pianoforti, ma quello – pensava Sara – era stregone nella sua pienezza sonora.
Krystian le spiegò che anche lui subiva la stessa attrazione fissando le mani di Tommaso nelle acrobazie del loro virtuosismo lungo la tastiera che metteva a punto con perizia. Si servì di una metafora che intuì adatta per suggestionare Sara:
«Vedi, io sono come il giardiniere che cura i fiori di un giardino per consentire a un'ape misteriosa di inebriarsi del suo nettare.» Disse di più: «Guardo le mani di tuo padre anche quando ti tocca, ti stringe a sé, come per confermare a se stesso che esisti, che sei una sua realtà umana, un mezzo di serenità, non più di ossessione finalmente. Ti tocca come tocca i tasti del pianoforte. E io so cosa significa... È come se anch'io ti toc-

cassi, Sara, perché sono io che predispongo qualcosa di prezioso fra una nota e l'altra... Insomma, mi pare di esserci anch'io, fra di voi, quando cominciate a stare bene insieme».

Su questi discorsi, Sara rimuginava. Spesso di notte, prima di addormentarsi. La sfioravano le prime fantasie erotiche, lievi, improprie: sarebbe arrivato il momento in cui avrebbero preso corpo dalle sue esperienze. Come si sarebbero manifestate, e attraverso chi, attraverso quali circostanze? Supposizioni che erano già, esse stesse, fantasia.

Quando Tommaso le diceva di avvicinarsi, o era lui ad avvicinarla, magari svegliandola, seduto sulla sponda del letto, Sara immaginava che anche Krystian ci fosse, seduto sulla sponda opposta, e le dita di entrambi gli uomini la raggiungevano, ne avvertiva le carezze, mentre già si rendeva conto di quanto una fantasia erotica dovesse affondare, per sua natura, nell'ambiguità, in una sottile perversità.

Sara disse a Krystian:

«Dammi una mano.»

«A far che?»

«Un gioco tutto mio. Un gioco con mio padre.»

Sara si fece aiutare a togliere dalle pareti del salone i ritratti dei pianisti celebri. Il ragazzo non si oppose. Accettò di buon grado persino di inerpicarsi per la scala, curioso di constatare come Tommaso avrebbe preso questa alzata d'ingegno che poteva considerarsi simile allo sparo della pistola resa innocua: la cancellazione di un incubo funebre. Le pareti restarono nude:

«Lasciamo così?... Il vuoto?»

Sara gli sorrise con una sua malizia. Lieta di constatare, nei fatti, come un'idea improvvisa, ma umanamente fruttuosa, può portare ad altre pensate fruttuose, secondo la legge delle ciliegie, che una tira l'altra. Da Villa Kar si era portata le fotografie che Samuel aveva custodito nel suo regno sotterraneo. Anche quelle in cui Samuel e Tommaso si erano lasciati ritrarre insieme, da ragazzi. Guidò Krystian nel fissarle ai muri. Sembravano destinate ad affogare nella vastità delle pareti. Al contrario, acquistarono un'evidenza insospettabile.

Krystian chiese chi fosse Samuel. Sara glielo spiegò, suggestionandolo con la descrizione della personalità di Samuel, della sua tormentata vocazione al silenzio. Il ragazzo contemplò le due figure vicine, sorridenti o perplesse, che punteggiavano lo spazio bianco:

«Contrariamente a quanto si pensa, Sara, il silenzio è molto importante nella musica, dentro la musica. Si insinua a dosi minime, appena percettibili. Chi, più di me, può conoscere la musica del silenzio che permette di vivere all'altra, trionfante musica del suono? Il silenzio che sta dopo una nota e prima dell'altra... È il punto massimo del mio calcolo. Sbagliare i lampi di silenzio significa fallire.»

Alla luce di queste parole, anche Sara contemplò con esattezza i due fratelli fotografati da ragazzi, che spuntavano qua e là come in un piccolo gioco d'artificio:

«Stai dicendo che, in un certo senso, formano insieme l'armonia...»

«Esatto. Un'armonia, ben accordata, scritta su uno spartito dall'istinto e dalla legge del sangue. Assurdo che loro abbiano pensato a una rivalità. Spiegaglielo, a tuo padre.»

Erano in piedi, al centro del salone. Di scatto, Sara fece scorrere le sue labbra sulle labbra di Krystian. E lasciò che lui l'abbracciasse, la toccasse con i "martelletti ammorbiditi" delle sue dita, quei martelletti che ammorbidiva per le dita di Tommaso. Sara provò l'emozione che anche il padre fosse parte di quell'abbraccio.

Non restò sorpresa quando, da sopra la spalla del ragazzo, si accorse che Tommaso stava davvero sulla porta del salone, e li fissava, con la tentazione di un sorriso che subito scomparve dalle sue labbra.

'Al crepuscolo, in salone, di fronte alla parete con le foto di Samuel e di Tommaso. Affondato in una poltrona, mio padre stava immobile, in silenzio, gli occhi fissi sulle foto. Il tempo passava, io avvertivo la sua tensione, lui sembrava non accorgersi del tempo.

Mi chiedevo se stesse provando la mia stessa commozione scrutando i due ragazzi che si tenevano reciprocamente con il braccio intorno ai fianchi, il braccio appoggiato, senza stringersi, come se temessero di stringersi: li sentivo più che mai vicini a me, con la mia stessa età, lo sguardo incerto nel fissare l'obiettivo, come se risultasse dolorosamente difficile congetturare la loro possibile vita futura.

«La dolcezza può essere crudele, Sara. Quelle foto... Metterle, non pensi sia stato anche un po' crudele? Di queste crudeltà, che d'improvviso ti arrivano dentro, ti obbligano a ricordare, riflettere, era capace Marlene. E io poi non sapevo se odiarla o esserle grato.» Mio padre mi pregò: «Rompi il silenzio, Sara. Dimmi qualcosa, qualsiasi cosa».

Per distrarlo e provocarlo, mi vennero parole che avrebbero potuto farmi apparire sciocca:

«Oggi sei un bell'uomo. Ma allora era più bello Samuel.» Aggiunsi: «Le donne ti guardano, tu è come se non te ne accorgessi, ma io lo noto quando mi porti con te. Samuel, invece, non ha mai avuto donne, forse le ha desiderate, ma non le ha avute».

«Può avere un senso, questa stranezza di Samuel? Sì, può averlo. Allora, Samuel mi ripeteva "Vorrei essere te, Tommaso, sei tu che non vorresti essere me". Era vero. Entrambi pieni di dubbi, timori, incertezze. Non solo con le donne, con la vita... E io cercavo di convincermi: non ho dubbi, io, è Samuel che li ha, è lui il debole, e a forza di autoconvincermi mi pareva di essere davvero immune, deciso e pronto a realizzare i miei sogni. Mi capitava persino di disprezzare Samuel per le debolezze che erano mie.» Continuò, ora parlando piuttosto con se stesso: «Quando eravamo quei due ragazzi, coi calzoni malandati e ai piedi un paio di scarpe da ginnastica, chi ci dava amore? Nostra madre era morta... Samuel già si stava arrendendo. Io invece insistevo a credere che l'avrei avuto, questo amore, avevo diritto ad averlo, a costo di tutto. Anche a costo di una Marlene.»

Cercò, nuovamente, di distrarsi dal suo turbamento:

«Krystian ti piace, vero?»

Anche per cambiare discorso, gli risposi che, sì, mi piaceva.

«Hai mai baciato un ragazzo come hai baciato lui?»

«Non ti rispondo. Ma se ti dicessi che mi è capitato, saresti un po' geloso?»

Sapevo cosa mi avrebbe risposto, ritrovando il sorriso:

«Sì, un po'.»

Ero tentata di aggiungere, con una civetteria che mi divertiva, che con nessuno mi ero spinta a non rivelare la mia età per apparire più donna, anche se di anni in più avrei potuto vantarne cento, tanto la mia infanzia era stata costretta in avanti: a immedesimarsi nella vita degli adulti. Una riflessione che tenni per me:

«Krystian mi piace perché, a suo modo, è una parte di te, della tua musica, una parte devota.» Mi azzardai: «Pronto a salvarti, quando la tua vita ti è apparsa priva di senso, da annullare».

Mio padre continuava a dividersi fra tre fuochi: le foto appese, il dialogo con me, il darsi pace. Indicò la parete:

«Nell'ultima foto a sinistra, vedi, siamo nella nostra casa di Trogir, in Croazia, la casa dove siamo nati. Ricordo tutto di quel giorno. I campi dove esplodeva l'estate, la trasparenza del mare...»

«La conosco. Samuel mi ci ha portata... Là, ho spalancato tutte le finestre, c'era tanta polvere che è impazzita nel vento, Samuel tossiva, soffocava, ho afferrato il lembo di un telo, copriva un pianoforte malandato.»

Restò in silenzio. Rivedeva quel pianoforte. Poi:

«Ti hanno sconvolto le rivelazioni di Krystian? Purtroppo, è tutto vero, Sara. C'è stato un periodo in cui, fra le mie visitatrici, è venuta la più morbosa: la morte può essere una sirena per chi ha abituato la mente a ogni seduzione possibile... La visitatrice saliva la scala, verso la soffitta, e io non avevo la forza di resisterle, le andavo dietro, come a una calamita... Così ti può accadere con una donna verso la quale la tua debolezza è totale... Così mi è accaduto con Marlene.»

La confessione affaticava visibilmente mio padre. Capivo la sua voglia di continuare a confessarsi semplicemente con se stesso:

«Penso ai momenti felici con Marlene, quando tu sei stata concepita. Eravamo capaci di restare uno fra le braccia dell'altra, a sentire su di sé il fiato dell'altro, un brivido ci univa. Tu sei nata da quel brivido... Ricordo il sorriso di tua madre, lo intuii nel buio, accesi la lampada su quel sorriso, lei disse: "Nascerà, Tommaso, e la chiameremo secondo le leggi dei nomi della tua famiglia senza patria, la chiameremo Sara".»

Si alzò dalla sua poltrona. Si avvicinò alla mia. Si piegò sulle ginocchia e mi prese la faccia fra le mani:

«Sorridi, Sara. Vorrei vedere un tuo sorriso, come

sorrise Marlene in quella notte in cui hai cominciato a nascere.»

Ciascuno sentì su di sé il fiato dell'altro:

«Pensavo a quei momenti impagabili, svaniti, salendo verso la soffitta, e poi stringendo fra le mani la pistola. Mi era di grande conforto l'idea di poterla usare, solo quell'idea, non altro, ero certo che non mi sarei sparato... Spararmi io... Troppo debole per averne la volontà, troppo vile. E quando intuii che la pallottola era a salve, che Krystian mi aveva trattato come un bambino, provai un'enorme tenerezza per lui... La tenerezza di un padre per un figlio più maturo di lui, che aveva avuto cura di togliere una dissonanza, un suono falso dalla mia mente, come toglieva le dissonanze dal mio pianoforte.»

Le rivelazioni di Krystian, in realtà, non mi avevano sconvolta. Mi era sembrato quasi scontato che la crisi di mio padre avesse raggiunto quel limite. Ma ora mi sorprendevo a chiedere, per chiarire finalmente un punto:

«Tutto questo a causa sua, di Marlene?»

Mio padre andò a muoversi davanti alla parete delle foto, cercava di spiegarsi con chiarezza con se stesso:

«Me lo sono chiesto anch'io mille volte. E solo adesso mi sembra di potermi dare una risposta... Quanto ho aspettato questo momento. Credo che la rottura con Marlene sia stata come quando crolla un muro, e da una camera sepolta vola via la polvere, e dal muro crollato appare un'altra stanza, rimasta luminosa... Tu non puoi ricordare certe cose, perché eri nata da poco. Dormivi in una piccola stanza vicina al salone di Villa Kar. Continuavo a suonare fino a notte. Mi dicevo: Sara si sveglierà e si metterà a piangere... Invece non piangevi, o meglio smettevi di piangere non appena cominciavo a correre sui tasti... Avevo la certezza che tu smettessi di piangere per consentirmi di avvolgerti nella musica, di trasmetterti una prima emozione della vita attraverso il suono.»

Si interruppe. Si rese conto di essersi estraniato in un soliloquio:

«Devono sembrarti parole di un pazzo. Forse lo sono... Suonavo per la bambina che mi ascoltava a occhi aperti oltre la parete, perché la musica potesse nutrire i primi suoni che uscivano dalle sue labbra.»

«Io tutto questo lo ricordo, Tommaso. Non so per quale stregoneria l'ho avuto presente. Sempre. E quando mi invitavi a sedermi accanto a te, al pianoforte, era come se uscissi dalla bambina che ero, per trasferirmi in un'altra di me, già adulta, attraverso le tue dita.»

Mio padre forse pensò che stavo mentendo, di nuovo per compiacerlo. Invece era la verità.

«Io e te: fra noi dei piccoli miracoli. È questo che credi?»

«È stato l'amore stregone» gli dissi. «Quello di cui parlava mia madre, quando la sua mente non era malata.»'

L'amore stregone.

Fino a che punto, in Marlene, aveva racchiuso il male? Acquistando confidenza, Tommaso ne parlava con Sara. Si interrogava, cercando di essere il più obiettivo possibile. Quanta responsabilità era sua? Non aveva saputo aiutarla, salvarla, oppure non ci sarebbe stata, in ogni modo, possibilità di salvezza?

«Avrei dovuto intervenire in tempo. Ma lei si mascherava, la sua bellezza mi fuorviava. All'inizio, l'avevo addirittura compiaciuta, credendola solo eccentrica e stravagante. Il dramma con cui l'eccentrico si può trasformare in tragico mi sfuggiva... Il male, il cancro mentale che distrugge... Quando, in certe notti, rincasava traballando sui tacchi alti, parlottando fra sé con la voce roca, una voce che mi faceva pensare a una sua pena oscura... Avrei voluto abbracciarla, ma me lo impediva: "Non toccarmi, Tommaso, non parlarmi, domani, domani"... Farneticava di amanti con cui mi avrebbe tradito, doveva tradirmi, per punirmi di una gelosia esasperata che in realtà non avevo, sul suo viso i segni di una sfinitezza che, deridendomi, attribuiva ad amori suoi, segreti, che vantava ugualmente esasperati...

Erano anche certi dettagli, apparentemente insignificanti, a stringermi il cuore, ricordo le smagliature lungo le sue calze, il primo senso di fallimento in quei dettagli, smagliature troppo evidenti, troppo rabbiose... Se aveva delle ragioni per accusarmi, non riuscivo a vederle, ero cieco verso me stesso, lo riconosco... Mi dicevo che avrei dovuto usare la forza, schiaffeggiarla, sbatterla al muro per il suo bene, invece, quando me lo consentiva, le parlavo con pudore, a volte evitando persino di guardarla negli occhi...

Poi capitava che ci trovassimo faccia a faccia, come la notte in cui avevamo avuto la certezza che tu saresti nata, e lei era un camaleonte nel cambiare, si faceva diversa, con un che di spaurito, persino di dolce, e io mi ripetevo "Approfittane, parlale di Sara, di nostra figlia, parlale della tua voglia di costruire ancora qualcosa con lei". Invece mi ritrovavo come paralizzato.

Fino a quando Marlene non cominciò a sbattermi in faccia storie disgustose, senza sarcasmo, sembravano vere, mi era impossibile crederci, come credere all'astio che leggevo nei suoi occhi mentre me le raccontava... Un astio che a tratti spariva, lasciando posto alla dolcezza disarmata di una bambina che piagnucolando ripeteva di volermi amare, senza darmi una spiegazione della violenza di poco prima, una tecnica per distruggermi, pensavo.

E in me rimorsi, solo rimorsi.»

Tommaso si metteva al pianoforte. La pregava:

«Ascolta.»

Sara gli chiedeva:

«Cosa stai suonando?»

«La *Pastorale* di Scarlatti... *Fantasia in fa minore* di Chopin... *Sonata in la maggiore* di Schubert.»

Le spiegava:

«Quando scendevo dalla soffitta, con le mani che avevano stretto la pistola... Mai mi era capitato di interpretare questi capolavori con tanta purezza e perfezione.»

Sara si rendeva conto che madre Marlene era stata la scheggia impazzita di una devastazione che si era trasformata, nel padre, in un farsi a pezzi parallelo a quello di lei. Fino alle ossessioni che Tommaso le aveva confidato:

«La genialità che mi attribuivano, facendone retorica, era diventata un dio anche per me stesso, avida e assoluta, a cui dovevo sacrificare ogni persona, ogni cosa che mi stavano a cuore. Anche la morale, sì, il pudore... Mi divoravano le manie e la superstizione. Dovevo ubbidire a riti sacrificali, altrimenti mi afferrava il terrore che quella genialità, che detestavo, mi avrebbe abbandonato, e le mie mani sarebbero rimaste immobili, morte, sul pianoforte.»

Sara capiva che lui e Marlene si erano ammalati insieme, a causa di anni vissuti nella maniera sbagliata. Si diceva, con amara ironia: una forma d'amore anche questa, all'inverso.

«Sto guarendo, Sara... Vuoi aiutarmi a guarire?»

Sara si impose di ordinargli, mentre lui si alzava, per aggirarsi, trovare pace:

«Torna al pianoforte.»

Tommaso non capì. La guardò sconcertato...

«Torna al pianoforte!»

«Perché, Sara?»

«Fallo.»

Tommaso ubbidì. Sara continuò:

«E adesso pensa, di nuovo, a ciò che mi hai raccontato, a quando scendevi dalla soffitta, dopo aver accarezzato l'idea di ucciderti. Pensaci intensamente. Però suona musiche diverse. Io non posso suggerirtele. Ma tu puoi scegliere.»

«Quali musiche?...»

«Con più candore. Meno superbe.» Le venne da dire: «Musiche bambine. Avanti... Se vuoi davvero che ti sia d'aiuto, riprendiamo il nostro gioco».

Tommaso provò. Incerte, le sue dita chiesero aiuto ai tasti, quasi che il pianoforte dovesse decidere per lui:

«Non mi viene nulla.»

Sara andò a sedersi accanto a lui:

«Perché non una canzone?»

«Quale canzone?...»

«Che so, *La lontananza*, la conosci? È una canzone di Modugno.»

«L'ho sentita. Dimmi come fa.»

Sara si provò a improvvisare. Senza agitarsi. Pensando che dimostrarsi intonata avrebbe avuto un suo significato:

«La lontananza, sai, è come il vento / che fa dimenticare chi non s'ama / è già passato un anno ed è un incendio / che mi brucia l'anima...»

Provava una punta di rancore, di ingenua rivalsa, canticchiando. Pensava a quando, prima della morte di Samuel, il padre, così pronto ora a sviscerare le sue vicissitudini intime, sembrava averla dimenticata. Tommaso afferrò la melodia, sorpreso di scoprire Sara ben intonata:

«Così?»

«Sì. Così va bene... Non sai quante volte mi è passata per la testa, a Villa Kar. Tu eri lontano, travolto dai fatti tuoi. A volte mi imponevo di dimenticarti, ti mandavo al diavolo, perché ti vedevo un grande egoista... Vai avanti, suona ancora.»

Sara cantava a piena voce:

«Adesso che è passato tanto tempo...»

Tommaso ripeteva a fior di labbra le parole, fissando le proprie dita, che sembravano continuare per conto loro.

«Mi perdoni?»

C'era un tono di ironica sfida, un po' della saggezza di Sara.

«Per cosa?»

«Per averti fatto scendere dal piedistallo, Tommaso. E averti fatto suonare, forse per la prima volta, una semplice canzone.»

Il mistero di Madre Marlene

Così era passato un mese, poi un altro, un altro ancora.

Tommaso l'aveva di nuovo portata con sé, da una città all'altra. Sara aveva più che mai l'impressione che una fantasmagoria artificiale le ruotasse intorno, impedendole di formarsi sentimenti univoci nei confronti del mondo... Il mondo come un carillon senza radici, da catturare, ogni volta, come uno strepito, rapido, assordante, per poi passare ad altro strepito, col padre che volava, trascinandola.

Camere d'albergo, sale concerto, e poi via, altrove. Le armonie di Tommaso, solo quelle, collegavano quei frammenti visivi che non riuscivano a lasciarle un segno. Piccole folle di individui. Mostravano le loro apparenze, per poi sfuggirla. Tutto continuava a mostrarle apparenze, per poi sfuggirla.

'Dovevo mettere un freno. Tornare al punto.

Me lo ripetevo tornando nella casa romana. Non la vivevo come un approdo stabile. Continuavo a sentirmi un uccellino sul ramo. In quelle notti di tarda primavera, mi aggiravo nel giardino che mi separava dalla dépendance dove stava Krystian. La luce restava accesa a una vetrata, perché il ragazzo si addormentava tardi. Anche quella luce mi spingeva a riflettere. Ben poco mi risultava risolto e definitivo per la mia vita, il mio futuro. Io e mio padre avevamo già una nostra piccola storia, ma a cosa mi stava portando? La mia presenza nella casa, vissuta all'inizio come un gioco di intuiti e di fantasie, aveva restituito a Tommaso una certa naturalezza nelle abitudini, nient'altro.

Mi sedevo in una delle panchine e mi dicevo: se ora facessi un colpo di testa? Fuggire da qui, perdermi nella notte, non farmi più ritrovare... Prima di riprendermi, Tommaso si era privato a lungo di me, legandosi coi suoi tormenti a Marlene. E mi ero ridotta a un'orfana nel mondo sperduto di Villa Kar. Se fossi scomparsa, Tommaso avrebbe provato dolore, indubbiamente, tuttavia la sua vita avrebbe continuato a vedersela con se stesso, non con la mia di ragazzina.

Così concludevo. Lo sconforto porta a spegnere ogni luce.

Fu l'amore stregone a soccorrermi.

A Madrid, avevo preteso di assistere al balletto di Manuel de Falla. «Musica mediocre» aveva sentenziato mio padre. «Impressionismo. De Falla vale, semmai, per *Notti nei giardini di Spagna*, un poema sinfonico di una sensualità indubbiamente struggente.» Lo lasciavo parlare. Non era stata la musica ad attrarmi, né il mondo gitano, e nemmeno le danze e le canzoni. Piuttosto, la *Danza sacrificale del fuoco*, col potere purificatore della fiamma che spazza via le scorie a cui gli uomini riducono la loro vita, coi tormenti personali, come Tommaso aveva fatto raccontando di Marlene.

La *Danza* mi aveva richiamato alla memoria *Fantasia*, le sue prime suggestioni, e le parole di madre Marlene quando mi aveva regalato quella registrazione, cercando di far capire a una bambina che bisogna credere nel sortilegio, perché i sortilegi poi si rivelano reali, basta lasciare che operino in noi.

Nel mio caso, a spingermi felicemente verso mio padre, era stato il desiderio che ne provavo, e continuavo a provarlo. Ma questo desiderio non era assoluto.

Si associava al fascino che, nonostante tutto, aveva insinuato in me mia madre. Da qui, la fantasia di sostituirla al fianco di mio padre, come lui avrebbe voluto che fosse. Ma mi chiedevo ora, dopo le sue rivelazioni: come avrebbe voluto che fosse? L'unica certezza stava, appunto, nello straordinario fascino carnale di Marlene, che io credevo di possedere, intatto.

Dovevo tornare a quell'inizio, senza lasciarmi influenzare dalle versioni paterne: appartenevano alla vita che consuma, confonde. Io dovevo restare una tentazione, con le mie tentazioni.

Ma Marlene, in quei mesi, si era allontanata. Non soltanto come presenza concreta. Soprattutto come fonte di suggestioni, di enigmi.

E a me serviva che tornasse vicina. Per vivere la mia illusione.'

Mille domande a Tommaso. Che fine aveva fatto sua madre? Lui ne sapeva qualcosa? Lo udiva borbottare i soliti discorsi, con i soliti gesti spazientiti, per far intendere che le piaghe non erano guarite e altre urgenze avevano la precedenza. Le solite. L'eccelso pianista e la sua musica, l'uomo ferito e il recupero di se stesso. Il resto sarebbe venuto in seguito.

Lo sconforto spingeva Sara a congetturare: resterò una creatura occasionale, nata per supplire alla coscienza che manca agli adulti: padre, madre, Samuel aveva fatto eccezione. Insisteva con Tommaso:

«Non sei sincero.»

«Perché non dovrei esserlo?»

«Tu sai qualcosa che non vuoi dirmi.»

«Pensala come vuoi. Ma lasciami in pace, ti prego.»

Tommaso girava le spalle. Si affrettava al pianoforte, ai suoi brani da interpretare con la lucidità e la passione che aveva smarrito e, finalmente, ritrovato. "Anche per merito mio" si ripeteva Sara. "Per merito del mio gioco."

Non si dava per vinta. Andava a distrarlo dai suoi studi, costringendolo a fare uno sforzo su se stesso per dominarsi:

«Se è vero che Marlene è un'anima alla deriva, per usare le tue parole, se è vero ciò che mi racconti, non credi di essere crudele?»

«Non si può essere sempre dei buoni samaritani.»

«Tu mi chiedi di aiutarti a guarire.»

«È così. Mi stai aiutando.»

«Ma io non sono solo tua figlia, Tommaso. Sono anche figlia di mia madre, che lo voglia o no. Perché non potrei aiutare anche lei a guarire?»

«Anche tu l'hai detestata.»

«No. Era diverso. La adoravo addirittura quando dimostrava di amarmi. La detestavo quando diventava un'altra, che si distraeva da me, estranea, per i fatti suoi. Come te. Esattamente come te.»

Sara doveva usare attenzione. Non inasprire il padre. Era accaduto rare volte. Ma l'aveva visto trasformarsi. I suoi improvvisi scatti di furia le avevano fatto paura. Magari riteneva più giusto avvicinarsi al pianoforte. Pigiava un tasto, l'altro, a vanvera. A Tommaso strappavano un sorriso quelle variazioni che si scandivano da uno spartito sballato. Allora Sara diceva:

«Non deludermi. Solo di questo ti prego: non diventare diverso da come ti ho sempre pensato.»

«E come mi hai pensato? Dimmelo.»

«Come Samuel, per di più essendo mio padre. Samuel aveva imparato il modo giusto di starmi accanto. Samuel era dolce, nell'anima.»

«Ma basterà, in questa maledetta vita? Samuel è morto nella sua solitudine, colpa anche mia, a che gli è servita la sua dolcezza?... Anche tu non deludermi. Quando siamo tornati insieme, ho pensato che era un piccolo miracolo... Una ragazzina come te che mi fosse figlia, amica, un po' madre.»

Sara trovò la decisione necessaria:

«Un po' amante.»
Tommaso finse di non sentire.
«Un po' Marlene.»
Anche Tommaso trovò la decisione necessaria: «Sì.»
«Perché avevo la sua bellezza.»
«Sì... E come Marlene avrebbe dovuto essere.»
«Lo vuoi ancora? Allora consentimelo.»
Si erano parlati finalmente.

Passioni con il padre

'Un giorno – mi ripromettevo – avrei raccontato la mia storia, sentivo il bisogno di vederla raccontata, messa in ordine; leggere me stessa come già mi capitava di lasciarmi affascinare dai personaggi dei libri che andavo sottraendo alla biblioteca di mio padre, o dei miei stessi libri di scuola, quelli che narravano le avventure degli eroi e delle vittime.

L'infanzia degli eroi e delle vittime veniva in genere trascurata, quasi accadesse in un limbo notturno della vita. L'infanzia, ai miei occhi, simulava un sonno estraneo. Contava solo il risveglio degli eroi e delle vittime.

La notte, già pensavo confusamente, non è una misura del tempo, ma una forma del mondo.

Di notte, mi smarrivo nel mistero, nella contraddizione: situazioni che, spesso, smentivano i fatti che accadevano alla luce. Di giorno, mi sentivo come una pianticina incollata alla suola di chi si muoveva intorno a me, fosse mio padre o Krystian, o le nuove presenze che si erano insinuate nella casa romana: una governante e Mirka, che veniva a darmi lezioni private.

Come insegnante era severa, Mirka. Ma non mi staccava gli occhi di dosso. Anche quando le sedevo di fronte e i libri aperti ci dividevano, il suo sguardo si manteneva su di me irrequieto e febbrile. In quegli sguardi, una morbosità difficile da dissimulare.

Mi ricordava Max, ogni pretesto era buono per toccarmi, darmi baci fastidiosi. Mirka sognava di sbattermi su un letto, di farmi, non era la prima volta che mi capitava con una donna. E io la odiavo fingendo indifferenza.

Avevo imparato a gestire gli odi e le avversioni che provavo per certe persone.

Mi auguravo che mio padre facesse davvero progressi con le sue passioni che invece stentavano a rinascere. Quando viveva con Marlene, aveva avuto anche la passione delle auto veloci. Più d'una, in garage. Facevano corona a una Ferrari. Krystian mi raccontava che, un tempo, lui studiava al pianoforte fino a notte alta, e quando l'alba si annunciava partiva con la Ferrari, senza una destinazione precisa, una corsa fine a se stessa che lo rilassava e alla fine gli restituiva la dimensione della quiete, delle piccole cose.

L'ebbrezza della velocità dopo l'ebbrezza della musica.

Da quando ero arrivata io, la Ferrari era rimasta sotto un grande telo nero. Non serviva più per nessuna corsa di liberazione, o per cacciare le delusioni, la noia. Un giorno, avevo spinto mio padre a confessarmi:

«Quando premevo sull'acceleratore, tutto avrebbe potuto succedermi: finire fuori strada, schiantarmi, rotolare via, nella morte... Poi, d'improvviso, il sole finiva per accarezzarmi dentro, e intorno a me si faceva la luce di quei momenti meravigliosi quando, alla strada che mi era apparsa un vortice si sostituiva, che so, la visione di un bambino condotto a scuola dalla mano di una madre... E io frenavo, mi fermavo, stavo a contemplare un bambino e una madre che camminavano tranquilli. Li contemplavo felice.»

Gli dicevo:

«Mi piacerebbe che mi portassi a fare una corsa in macchina. Come portavi Marlene.»

«Presto, Sara. Verrà il momento che ti porterò. E andrò tanto veloce da farti paura.»

Ma il momento non arrivava mai.

Di notte, scendevo in garage. Faticavo a togliere il telo dalla Ferrari. Mi immedesimavo in mio padre. Mi insinuavo al posto di guida. In un'immobilità ossessiva, mi figuravo che tutto avrebbe potuto succedermi: finire fuori strada, schiantarmi, rotolare via, nella morte. Spesso cadevo in un sonno malato, con l'incubo di quella velocità pazzesca, e nell'incubo mi auguravo che fosse ancora più pazzesca, fino a non avere più respiro.

Mi svegliavo di soprassalto, in un bagno di sudore. Rimettevo il telo, uscivo nel giardino, alla vetrata di Krystian c'era ancora una luce, avrei voluto gridare "Krystian, aprimi", ma non mi usciva la voce, avrei voluto fare l'amore con Krystian.

... L'unico segno di risveglio restava, per mio padre, l'essersi messo a disposizione degli allievi. Senza la dedizione di un tempo, tuttavia con un generoso interesse, aveva ripreso i corsi di perfezionamento, rivolti a diplomati italiani e stranieri, selezionati dalle associazioni "Amici della Musica" e dalla Scuola Superiore Internazionale di pianoforte.

Le allieve erano tornate a idolatrarlo. Assistevo a manifestazioni di un piccolo fanatismo femminile. Mio padre lasciava che quell'adorazione si animasse, ma non se ne compiaceva. Le ragazze cercavano di ingraziarsi anche me:

«Parlaci di lui, Sara. Com'è nella vita? Straordinario, vero?»

Io davo, di mio padre, versioni differenti, anche paradossali, ciò che mi passava per la testa. Avrei potuto raccontare qualsiasi cosa. Loro restavano dell'idea che il geniale maestro, dopo l'insegnamento a cui davano seguito con fervore, era fatto per essere conquistato. Alcune insistevano per ottenere appuntamenti intimi, c'era chi spavaldamente si imponeva. Mio padre era tollerante. Capivo che questa tolleranza nasceva da una tormentosa nostalgia per i tempi in cui la femminilità l'aveva sinceramente esaltato, ed era stata la "consonanza" come l'aveva definita, ossia l'armonia parallela a quella dei tasti.

Tentavo di parlarne, con lui.

Borbottava qualcosa, con un'alzata di spalle, poi sorrideva. Se era in vena, arrivava a canticchiare, da *Così fan tutte*: "... in un momento / dar retta a cento, / colle pupille / parlar con mille, / saper nascondersi / senza confondersi".

«Ma ti piace quando entrano nella tua stanza...»

Mio padre si schermiva:

«Un tempo, era come far entrare un sogno da ragazzino. Una donna che entrava nella mia camera era, a suo modo, una musica da interpretare. Potevo anche lasciarla sul leggio, quella musica, senza eseguirla. Ma quel rito dell'offerta è anch'esso offerta, qualunque cosa accada, anche nulla.»'

Qualche volta, Sara si era appostata nel buio. Spiando l'entrare delle ragazze. Avevano tutte un'incertezza prima di battere un colpo gentile alla porta. Si aggiustavano i capelli, i vestiti. Fissando le ombre, come se le ombre fossero uno specchio dove controllarsi. Mettevano in risalto il seno modellato dalle camicette, dalle magliette. Infilavano le mani sotto la gonna, frugando fra le cosce per sistemarsi le mutandine. Sparivano dentro.

Sara non si muoveva dal suo angolo, non provava vergogna di spiare. Aspettava di afferrare anche il minimo rumore. Cercava di rivederlo, suo padre, quando le passava carezze sulla testa, fissandola per farle capire in che misura lei gli apparteneva, anche in ciò che era evidente ma ancora non chiarito: affinché lei capisse che avrebbe potuto appartenergli intimamente anche di più.

Si immedesimava al punto da coesistere con la coppia dentro la camera, augurandosi di venire a conoscere come Tommaso si comportava in amore. Pronta a rubare frasi e comportamenti, doveva vedersela con silenzi che non sopportava. Allora fantasticava su una mezza parola, un respiro.

Non poteva ammettere, con se stessa, che oltre la parete non stesse accadendo nulla, che fosse soltanto la sua curiosità a creare situazioni. A tratti, avrebbe voluto fuggire. Col dubbio che fossero le sue stregonerie, più o meno le solite, a provocare subbuglio nella sua mente. Invece non si muoveva. La camera del padre continuava ad attirarla come una calamita, anche se il conversare, all'interno, lasciava percepire i due calmi, determinati nella loro calma. Non può essere, si diceva: quei due stanno facendo l'amore in un modo che io non conosco.

Non provava alcun senso di esclusione. Si rendeva conto di essere lei a dominare dentro la camera, a muovere le pedine con una fantasia, una volontà assolute. Sfidando quello che restava, per lei, l'inconoscibile. Nel padre, accoppiava l'idea della bellezza corporale alla trasgressione. Che gran macchina inutile la verità delle cose se, al di là della ragione e del sentimento, era sufficiente comportarsi da ladra fantasiosa per dar corpo a ciò che forse non c'è, ma si desidera con la forza delle immaginazioni erotiche che scompaginano le carte.

Lo stesso le accadeva quando, spiando la notte, scopriva altre ragazze che entravano, con lo stesso passo ma con più spensieratezza, nella dépendance di Krystian:

«Hai fatto festa» alludeva, il mattino dopo.

«Amiche» rispondeva lui. «Simpatiche amiche. Potevi raggiungerci. Stare con noi.»

Forse era vero. Le vetrate restavano aperte. Sara afferrava figure che interrompevano i discorsi con risate, mettevano musiche, inscenavano giocosità. Poteva notare, soprattutto, che Krystian girava spesso la testa verso il punto in cui lei si nascondeva a spiare, sapeva che lei stava lì, e avrebbe potuto scendere, attraversare il giardino, entrare, umiliando le presenze femminili con la sua bellezza.

Probabilmente, Krystian organizzava quei festini anche per provocarla. Ma tutto questo, come per un'interruzione di corrente, passava in second'ordine: anche Krystian le stava a cuore, le piaceva, lo desiderava, tuttavia più forte si faceva il suo bisogno di soffrire, elucubrare le verità apparenti. Smetteva di guardare dentro le vetrate, chinava la testa, fissava i fiori del giardino, o fissava il buio, inseguendo i suoi incubi e i suoi fantasmi.

Questa era Sara, in quelle notti.

Per un'altra ragione resisteva nel suo angolo addossato alla camera del padre. Era sicura che anche Tommaso sapesse della sua presenza... Le ragazze uscivano. Alcune scomparivano rapide. Altre sembravano lottare un attimo con se stesse per mettersi in pace. Altre ancora indispettite per un desiderio insoddisfatto. In un caso, Sara si era ritrovata faccia a faccia con una ragazza che si era accorta della sua ombra:

«Che ci fai qui?»

«Volevo sapere se avresti fatto l'amore con mio padre. Hai fatto l'amore con mio padre?»

«Forse sì, forse no. Tu che ne pensi?»

«Dimmi se l'hai fatto.»

«Ti eccita saperlo?»

«Sì.»

«Lo dici così, senza vergogna.»

«Perché è così che mi va.»

«Non sei gelosa?»

«Lo sono, ma questo mi piace.»

Avrebbe, in realtà, voluto aggredirla, strapparle gli occhi. Ma era un pretesto anche quella rabbia. Si sarebbe dissolta con il dissolversi delle ombre. Questa era Sara nelle notti della soffocante casa romana. Essere esclusa e insieme al centro del mondo. Con una disponibilità alla passione che doveva essere turbata, per crescere in lei con una fisionomia definitiva, torbida o pura, chissà, per poter essere offerta, un giorno, presto, a chi se la meritava.

... La porta, a volte, restava socchiusa. Il padre non si alzava dal letto per chiuderla. Sara fissava la riga di luce che veniva dai battenti accostati. Sapeva che, prima o poi, la voce di Tommaso sarebbe uscita a percorrerla come una piccola strada verso di lei, un invito. La udì, una notte:

«Entra, Sara.»

Sara scivolò dentro e afferrò, nell'aria, il profumo della ragazza che se n'era andata. Tommaso stava disteso nel letto, vestito. Lo sguardo le cadde subito a lato del padre. Sulla coperta, una fossa lasciata dal corpo che si era abbandonato da quella parte, sul cuscino l'impronta della testa. Sul volto di Tommaso una svogliatezza, di delusione forse, o di rassegnazione inappagata.

«Vieni. Avvicinati.»

Sara si avvicinò al padre. Tommaso tese la mano, le girò il profilo alla luce. Restò a fissarlo. Come se fosse quel profilo che gli mancava... Sara gli chiese:

«Hai sempre saputo che mi nascondo, di là?»

«Sì.»

«E non mi hai mai detto nulla.»

«Come sapevo quando tu ti preparavi, la sera, davanti allo specchio della tua camera, aspettando che io bussassi alla porta per chiederti: "Sei pronta, Sara?"... Sapevo che anche tu lottavi con l'incertezza di come farti trovare: se già vestita oppure come appena uscita dalla doccia... Poi, il momento è arrivato. Hai esclamato "Entra" e ti sei fatta trovare, come a caso, nuda davanti allo specchio, e hai lasciato che ti ammirassi, senza disagio da parte di entrambi. Mi sembrò davvero che fosse il corpo giovane di Marlene, che si specchiava, un'apparizione che aveva dell'incredibile. E io ti ho detto: "Mi piace guardarti, Sara. Sei molto bella. E so che mi ami".»

«Non ne abbiamo mai parlato, fra noi. Quante volte avrei voluto sentire da te almeno una parola.»

«Anch'io avrei voluto dirtela... Almeno una parola. Invece non aspettavo che il momento di aprire quella porta, come tu aspettavi che io l'aprissi.»

«Chi desideravi, guardandomi nuda?»

Tommaso esitò a rispondere.

«Desideravi me? O era il ricordo di Marlene?»

«Te.»

Tommaso vinse la tentazione di altre parole.

«E adesso vai... Vai a dormire.»

Sara si staccò dopo averlo abbracciato, dopo avergli tenuto la fronte, dicendo piano:

«Come tutto è difficile.»

«L'importante è non perdersi, nelle cose difficili... Viverle semplici, Sara. Serenamente. Qualunque cosa sia.»

«Riusciremo?»

«Il male non esiste, se non lo sentiamo dentro.»

Sara tornava nella sua camera rivedendo la notte nel tempio di Koryuji, al cospetto del Budda forse ragazzina, forse maschio adolescente, il più bello del mondo. Nel piccolo giardino dove si diffondevano le voci di Krystian e dei suoi amici, riusciva a immaginare l'altro, mirabile giardino gonfio di capelvenere, col suono celeste della canna in bilico sullo specchio d'acqua sottostante, mentre il profumo dell'incenso la stordiva. Le riappariva il corpo del padre, di fronte al suo, durante il rito dei corpi purificati con le salviette di spugna di lino.

Nessuna febbre sensuale, né tormentose fantasie. Com'era stato possibile? Aveva passato la salvietta di lino sul corpo nudo del padre, e lui aveva fatto lo stesso su di lei, senza provarne alcun turbamento. Non l'aveva visto nemmeno delineato nel giardino di Koryuji, il corpo di Tommaso. Ma diffuso nella luce che avvolgeva le figure, i gesti.

Ricordava una frase di Tommaso:

«Tutto è realtà. Dipende da noi.»

Accanto al letto, aveva conservato una foto del Budda. Si sentiva rappresentata, in quel momento della sua vita in cui confluivano diverse fisionomie.

'Mirka si rivelava insegnante rigorosa di concetti e avvenimenti storici contemplati dall'ordine etico e sociale. Descriveva appassionatamente quei periodi della storia dell'uomo in cui i valori etici erano stati più radicati. Dei protagonisti di questi valori vantava le imprese con cui si erano lasciati alle spalle il regno della fanciullezza, trasformando in trionfi gli impulsi che nascono dalla semplicità e dall'innocenza. Cercava di chiarirmi i rapporti fra il sacro e la ragione.

Come Mirka si trasformava in insegnante, io mi trasformavo in allieva all'apparenza ubbidiente. Ma nelle pagine che dovevo leggere e tenere a mente isolavo intuizioni che andavano oltre gli schemi prefissati. Certe affermazioni di Baudelaire mi avevano molto colpito. Il poeta insisteva sul sentimento della solitudine patito durante l'infanzia, per l'isolamento in cui l'aveva lasciato il secondo matrimonio della madre. Mi ero segnata questa frase: "Da bambino, ho sentito nel mio cuore due sentimenti contraddittori: l'orrore della vita e l'estasi della vita".

In questa contraddizione, mi pareva che consistesse il Male: quel male che "sentiamo dentro", come mi aveva detto mio padre.

In Mirka, questa contraddizione assumeva forme che avrebbero potuto sconvolgermi, se non avessi già assimilato la fermezza verso le persone spregevoli, e soprattutto non fossi stata attratta dalla verità che esistono due propensioni simultanee negli esseri umani, fra vita apparente e vita degli istinti oscuri.

Finiti, letteralmente, i suoi compiti, Mirka non si dava pace come donna preda dei suoi disordini nervosi che, nei panni di insegnante, dominava con lucidità. Mi stringeva le mani, di soprassalto, con occhi lucidi. La scoprivo che mi fissava intensamente, seduta da una parte, con una specie di dondolìo sensuale, le mani allacciate alle ginocchia. A sorpresa, mi metteva gli auricolari per farmi ascoltare le musiche che voleva, poi prendeva a muoversi ritmicamente, e il respiro le si faceva affannoso. Il suo respiro sul mio collo, come se stesse facendo l'amore con un amante invisibile. Accadeva che mi mettesse in mano foglietti, prima di andarsene. Li accartocciavo subito. Conoscevo già le frasi che mi scriveva.

Da insegnante, vestiva in modo impeccabile, poi indossava bluse strette alla vita da una cintura, con spacchi laterali che scoprivano le gambe abbronzate e tornite. Entrava a sorpresa in bagno, mentre facevo la doccia o stavo seduta sul bidè. Io mi limitavo a riderle in faccia, a schernirla, un gioco di cui mi compiacevo.

Un giorno, sedevo in poltrona. Faceva caldo, avevo la gonna sollevata sulle gambe. Mi sono trovata Mirka davanti, in ginocchio, che si abbracciava alle mie cosce, con la testa sul mio ginocchio.

Affondò le mani. Scoppiò a piangere.

Rividi per reazione "il cane delle dolcezze", e provai orrore per lei. Per queste immagini lontane, la violenza mi sembrò più orribile. Mirka cercò di fare come il cane. Di insinuarsi allo stesso modo. Stavo scrivendo, tenevo fra le mani una penna. L'afferrai per il mento, le girai la faccia storcendola e facendole male, presi a tracciare sulla sua fronte parole oltraggiose, i peggiori insulti, mentre lei insisteva:

«Ti amo, Sara. Non capisci che ti amo? Lasciami fare. Sarebbe per me qualcosa di indimenticabile.»

Racconto questo perché, una notte, scoppiò un alterco fra mio padre e Mirka. Udii le loro voci, e poi le grida, al piano sottostante. Tommaso, chiaramente, la stava aggredendo per le attenzioni fuori norma che Mirka mi dimostrava. Risuonò uno schiaffo.

Mai avevo udito mio padre lasciarsi andare a tanta violenza di voce e di parole. Udii, ancora una volta, la parola "puttana". E mi venne persino da sorridere.

Poi, il grido di Mirka. Una sua frase che mi turbò per giorni:

«Tu la desideri più di me, Tommaso.»'

Le notti del sangue

Sara si fissava le dita sporche di sangue. Il suo primo sangue di donna la faceva pensare all'amica perduta. Quando, a Villa Kar, si isolava dietro una siepe o ai piedi di un albero, figurandosi in un fondale marino, come se il giardino, i campi limitrofi fossero una superficie del mare dove uomini e donne se ne andavano con avventurose imbarcazioni verso i loro enigmi e le loro battaglie. Se ne andassero pure. Se il mondo la escludeva, lei escludeva da sé il mondo degli adulti. Nel suo universo acqueo, con la protezione illusoria di un immenso ventre materno, sopportava con meno assillo la sua solitudine.

Allora, si erano conosciute.

Giorni che più avevano contato nella sua vita. Aveva potuto ascoltare, limpido, il cuore della fanciullezza. Era bastato un calabrone. Prima aveva ronzato intorno alla sua fronte, poi si era abbassato fra le sue gambe. Di fronte all'amica, che con intimidita allegria, sembrava dirle: "Sono qui per dividere la tua solitudine".

Legate da un arguto senso di amicizia, si erano consolate. Andando insieme fra le piante del giardino o i fiori esotici che suo padre aveva fatto crescere con semi e bulbi di ogni parte del mondo, Sara aveva segnalato all'amica bambina gli intagli a grumo che con più somiglianza la raffiguravano. "Lo vedi? La natura ha inciso in noi i suoi piccoli capolavori di bellezza, perciò non dobbiamo temere." Scoprivano insieme che il giardino era pieno di amori. I piccoli animali, anche gli insetti goffi nell'accoppiarsi. L'amore si rivelava in infinite varianti. Non esistevano una morale e un'immoralità. C'era solo la felicità dell'aria, e le due amiche, questa felicità, l'assimilavano.

... Sara aveva acceso la luce, una notte. Aveva interrogato la camera buia. Era in lei che stava accadendo, non nelle ombre, in nessuna forma estranea. Aveva fissato, per la prima volta, l'amica morta in un lago di sangue. Qualunque cosa fosse, aveva gridato "no", ed era scoppiata a piangere, come quando era entrata correndo come una pazza in un'altra stanza buia, aveva cercato a tentoni sulla parete, per accendere la luce, e la luce era piovuta a picco sul volto immobile di Samuel.

La morte le aveva tolto il respiro.

Si era detta che l'amica l'aveva portata a lungo come una figlia, sentendosi madre sua e di se stessa, una figlia da difendere, e ora si ritrovava senza madre fuori e dentro di sé, aveva affondato le dita nel suo sangue come per trattenere una presenza amata che fuggiva via, uccisa da una volontà che, d'ora in poi, avrebbe agito al posto della sua volontà.

Ci sarebbe voluto tempo per capire la condanna peggiore, ma la intuiva: non avrebbe più potuto fidarsi del tempo, illudersi che il tempo le avrebbe concesso, in ogni caso, le sue consolazioni. Il tempo... Gli anni dell'infanzia le erano sembrati talmente lunghi da essere in grado di continuare, di preservarla, e adesso si bruciavano in un istante. Scoprire che il tempo muore: la sentenza più banale e sconvolgente nella presa di coscienza della vita. E ogni fine, quasi sempre, nel sangue.

Tommaso aveva saputo.

Il bacio di Tommaso sulla sua fronte:

«Che Dio ti aiuti nel tuo esser donna.»

Poi, mentre tornava a chiudersi in camera per tentare assurdamente di fermarlo, quel sangue, farlo sparire, era salita quella musica che il padre, da basso, nello studio, aveva improvvisato per lei, che suggeriva un tenero abbraccio, la pietà, soprattutto il rammarico che la vita per una donna sia quello che è, votata alle leggi tecniche e persino miserabili della specie, verso la morte. Uno schema inesorabile di obblighi, all'opposto delle altre leggi della natura che avevano consentito a Sara di indicare all'amica gli intagli a grumo delle piante e dei fiori del giardino di Villa Kar, di dirle:

«Guarda... Lo vedi che non dobbiamo temere?»

Una musica che Sara avrebbe voluto riconoscere, darle un nome, fosse di Schubert o di Brahms o di Chopin, comunque di un genio che aveva interpretato così profondamente il dramma che in quel momento stava vivendo. Pur separati, Sara e il padre mai avevano coinciso così fortemente l'uno con l'altra.

A Tommaso era sfuggito:

«Che peccato...»

Per un'età che stava fuggendo via.

Sara si era detta che avrebbe lottato con tutte le sue forze per entrarci adagio, il più lentamente possibile, nel futuro, assaporando, spremendo i residui dell'età del privilegio. Cominciò a sognare di potersi costruire un'esistenza parallela a quella determinata dal flusso del sangue che le pesava in fondo al ventre. Senza conti da rendere.

Continuava a pensarci, all'amica. Con ironia, insinuava a Krystian:

«Avrei voluto farti conoscere un'amica. Un'amica che è morta.»

Era tentata di raccontare tutta la storia. Krystian l'avrebbe considerata pazza o ridicola? Ma si può essere ridicoli anche con dolore e nostalgia. Raccontare, con allusione, del "cane delle dolcezze". Quando l'amica bambina si era rivelata, provando il lungo brivido mai provato prima.

Krystian... Che accordava il silenzio come il suono.

Se non aveva fatto l'amore con lui, se continuava a non farlo, era per un timore che nascondeva uno scopo: questo, sì, assurdo. Il culto di se stessa, da cui cercava con le unghie di non separarsi, e più passavano i giorni più insisteva. Anche quando la sensualità la colmava di tentazioni.

Madre Marlene

Sara sapeva che si aggirava. L'aveva vista dalla terrazza. E aveva visto anche Tommaso che l'incrociava a distanza per strada: non si era fermato, non si era nemmeno girato, aveva proseguito a passo più svelto.

Non si erano detti nulla. Aveva aspettato almeno una parola dal padre. Nessuna parola era venuta. Perciò Sara si era guardata dal raccontare che Marlene si muoveva, furtiva, dietro i suoi passi, quando se ne andava a scuola oppure a fare una passeggiata. Rallentava il passo, con la tentazione di farsi raggiungere. Ma Marlene appariva e spariva. Come un animale selvatico in un bosco.

Un giorno era arrivata alle spalle di Tommaso, fermo alla finestra. Sapeva perfettamente chi stava fissando. Chiese:

«Non hai niente da dirmi?»

«Cosa dovrei dirti.»

Disse, fra sé: "Che sembra invecchiata di anni".

Suo padre stava scuotendo la testa, pensando la stessa cosa, era evidente. Avrebbe voluto chiedergli:

«E cosa stai provando?»

Tommaso si era allontanato dalla finestra, con uno scatto, per sottrarsi a pensieri e reazioni, mormorando:

«E tu, cos'hai da dirmi?»

Sara non rispose nulla. Si sostituì al padre, dietro i

vetri. Marlene, laggiù. Che girava intorno a se stessa, come un piccolo cane.

Sara se la trovò improvvisamente a breve distanza, come scaturita dal piazzale deserto. Non provò sorpresa. Si augurò, piuttosto, di poter sopportare la reazione che sarebbe scattata in lei, fra poco, a incontro avvenuto. Un canto usciva dal portale di una chiesa, si diffondeva in quell'angolo di Roma, si insinuava fra loro due, nella loro fissità. A entrambe mancava il coraggio di venirsi incontro.

A Sara sembrò che un velo di luce piovesse sulla madre, rendendo incerti i suoi contorni. Spiccavano soltanto gli occhi che – Sara lo sapeva bene – avevano il potere di esprimere, a seconda della necessità, durezza, astio, o ambigua amabilità. Quegli occhi chiari che spiazzavano gli interlocutori, simulavano sentimenti che non esistevano o occultavano passioni come capricci. Era sempre stato lo sguardo la più efficace macchina da trucchi che Marlene, da prestigiatore, si portava nel cuore.

Marlene si scosse, si avviò, scomparve dentro la chiesa. Un venticello correva nel piazzale, Sara se ne lasciò condurre, entrò a sua volta nella chiesa. Si arrestò, perplessa, alle spalle della madre seduta in un banco. La madre disse, senza voltarsi:

«Toccami le spalle... Sono smagrite, le mie spalle, vedi?»

Fece sbucare la mano, strinse la mano della figlia. Sara lasciò che la stringesse, ascoltò in silenzio:

«Voglio che, ancora una volta, mi guardi a spalle girate, visto che ti ho girato le spalle per tanto tempo, e ti chiedo perdono.» Baciò le dita della figlia: «Non dire niente a Tommaso».

La voce arrivò dal fondo del corridoio:

«Sara... Sara.»

Sara non rispose subito. Aspettò ferma di fronte allo specchio. Pensò che fosse Tommaso. Ma era strano, a quell'ora. Pensò che fosse Tommaso come quando si proponeva di essere, per il padre, come madre Marlene, non come Marlene era stata, fra tante ipotesi, ma come avrebbe dovuto essere.

«Sara» udiva ripetere lungo il corridoio. Non era suo padre.

«Entra...»

La voce si manteneva sottile, timorosa, il lamento di un animale ferito.

«Entra» esclamò Sara più forte, lo gridò addirittura.

La vide apparire nello specchio. Scivolata dalla porta socchiusa: si sosteneva alla maniglia come per frenare uno sbandamento... Marlene fissava la figlia, e sulla bellezza di Sara misurava la propria bellezza che stava scomparendo, affondata nel pallore di un'evidente stanchezza, il volto scavato, anche le braccia smagrite.

Si guardarono. Un sorriso, d'istinto, sulle labbra di entrambe.

L'impulso che provò Sara fu di attraversare lo spazio della camera, volare dentro il corpo della madre, sostituirsi con tutta se stessa a quel corpo. "Questo dolore che provo" esclamò nel suo cervello una voce che non nasceva dalla sua ragione. Tutto fulmineo: l'ingresso di Marlene, la reazione di Sara, quasi fosse anche lei invecchiata di anni. Si udiva il pianoforte, ma i suoni arrivavano da lontano, come se la casa avesse la profondità di un palazzo di cento stanze.

«La sua musica...» esclamò Marlene.

Girò la testa verso la fonte del suono, con una sorta di disprezzo, poi di sarcasmo, poi di dolore.

Nella camera irruppe Mirka:

«Esca di qui. Se ne vada.»

Afferrò Marlene, cercò di trascinarla fuori, senza riuscirci, Marlene si afflosciò, per costringere Mirka a sostenerla con tutto il suo peso, Mirka fu costretta ad abbracciarla, evitò di un soffio che il corpo scivolasse a terra.

«Vado, vado» ripeteva Marlene. «Non mi faccia male. Mi dia un attimo... Vado.»

Chi era la donna piccola di statura, ma energica, con l'aspetto della contadina, che entrava a sfilare Marlene dalle mani di Mirka, e la sosteneva amorevolmente?

«Sono io che mi prendo cura di lei. Che l'ho portata fin qui... Sta male. Non vedete che sta male?»

«Un attimo, e poi vado.»

Marlene girava ansiosamente lo sguardo per la camera, scrutava le pareti:

«Questa era la mia camera. Qui c'erano tutte le mie fotografie, i miei ritratti. Dove sono scomparsi?» si rivolse a Sara. «Ma è giusto così. È giusto che sia tu, ora, a sostituirmi... Però devi imparare, a sostituirmi. Ti devo insegnare.»

Ritrovò inaspettatamente le energie, fu rapida a raggiungere lo specchio. Prese fra le mani la testa di Sara per accostarla alla sua, per contemplarla accanto alla sua:

«Chi l'avrebbe detto, a Villa Kar, che sarebbe finita così... Quando mi pregavi: non lasciarmi. Sono io, ora, che ti chiedo: non lasciarmi. Ho bisogno di te, per un po' di tempo. Non di più, solo per un po' di tempo.»

Tornò sui suoi passi. Si lasciò condurre fuori. Prima di scomparire gridò a Sara:

«Io posso salvarti.»

Il pianoforte di Tommaso non si era interrotto. Tommaso non si era accorto di nulla. O aveva finto di non accorgersi.

Le confessioni di Marlene a Sara

«Cosa provi per me, Sara?»

«Devo impormi di non provare niente per te. Ho paura di quello che potrei provare. Perché, dopo, rischierei di provare tante cose diverse che forse mi farebbero soffrire. È stato così da sempre, Marlene. Ci sono stati momenti che mi sono augurata di scoprire che tu non sei veramente mia madre.»

«E io? Cosa credi che possa provare io?»

«Non l'ho mai capito.»

«Perché è difficile, Sara. Perché è una contraddizione. Lo è sempre stata... Io, per te, provo amore. Ma questo amore che ti posso dare consiste nello strapparti via un altro amore che so di averti passato nel sangue. Con cui so di averti infettata. Io lo chiamo l'amore stregone... Strappartelo via altrimenti potrebbe distruggerti, come ha distrutto me. Non è facile da spiegare. Dobbiamo usare pazienza, insieme, per spiegarlo e capirlo.»

Fu in quei giorni che madre Marlene mi parlò, per la prima volta, dell'amore stregone. Cominciando a parlarmi di sé, come non aveva mai fatto, e del suo rapporto con mio padre, fino a confessarmi verità che mi rendevano comprensibili aspetti di questo rapporto che, fino ad allora, si era nutrito nei miei confronti di vaghezze e di bugie.

Stranamente, Marlene evitava di accogliermi nella casa in cui abitava. Preferiva darmi appuntamenti strani. La donna piccola ma energica che stava a suo servizio si chiamava Ruth. Da lei, Marlene si faceva portare nei luoghi più diversi. Ruth si sedeva da una parte e aspettava. Quando capiva che Marlene cambiava umore, dando i primi segni di stanchezza e di insofferenza, la sollevava e la conduceva via, dicendomi semplicemente: "Mi scusi".

Mi rendevo conto che, per mia madre, si trattava di confessioni che valevano una vita, la sua vita e la mia. Dovevo soltanto consentire, al groviglio che si portava nella coscienza, di uscire, liberarla. Da parte mia, non servivano parole né domande. Bastavano il mio sguardo, il mio ascolto.

A tratti, nel freddo, Ruth veniva ad abbottonarle il cappotto, a rincuorarla:

«Calma, stai calma, va tutto bene.»

E Marlene continuava:

«Avevo la tua età, Sara. Era il tempo degli amori adolescenti, quando i sentimenti premono per manifestarsi, ma prendono vita anche le prime passioni, con i loro desideri e fantasie. Quando non puoi dire: fin qui è sentimento, poi è corpo. Le due forze convivono. Sono onde, è impossibile dare una regola alle onde di una mareggiata... È stato allora che mi hanno mandata all'inferno.»

Insisteva:

«Tutto per aver avuto una madre che mi aveva creato bellissima, una meraviglia dicevano... Ma mia madre era stata la prima a detestare questa bellezza. La detestava perché non l'aveva mai avuta, avrebbe voluto gli uomini ai suoi piedi, ma non poteva, era brutta, nell'anima soprattutto, avvelenata da una morbosità talmente frustrata da renderla pazza.

Nessun padre a difendermi.

Anch'io pazza. Che a mia madre volevo bene. Pur

conoscendo i suoi raggiri, i suoi istinti criminali. Nonostante tutto non riuscivo a non amarla.»

Quel foglio ingiallito. Righe contorte, cancellature. Frasi a pezzi, come pulsioni di nausea. Marlene me l'aveva mostrato con una furtività superstiziosa. Un biglietto di tanti anni prima. Scritto a sua madre e mai spedito. Tenuto tante volte stretto nel pugno. La scrittura stemperata dal sudore della mano. Si leggeva: "Avrei avuto bisogno di credere in te. Anche in una tua finzione di un po' di bene".

Marlene si era trascinata l'incubo della prima volta.

Il primo giorno dei suoi stupri subiti. Sua madre l'aveva aspettata seduta fuori dalla camera, in attesa che cessassero le sue torture. L'incubo, per Marlene, era cominciato quando si era vista proiettata nello specchio della camera. Lo specchio non inquadrava la sua testa, ma le sue cosce spalancate a compasso, era un'adolescente senza volto, senza un'identità, decapitata con le gambe tenute aperte: non l'aveva più abbandonata, da allora, l'ossessione della forbice formata dal suo corpo.

Così l'amore stregone era esploso in lei, con la visione della forbice di carne dentro la quale avevano infierito gli uomini che occupavano la camera, dentro le due lame delle cosce armoniose, con la perfezione della giovinezza, persino con una luce di pudore nelle forme.

L'amore stregone l'aveva fatta reagire alla violenza con un istinto di vendetta che non l'avrebbe mai abbandonata, vendicarsi con una morbosità pari alla sua volontà di non cedere, accogliere in sé gli uomini con questo veleno controverso che trasformava in accettazione la volontà contraria, e recitarla, questa accettazione, con tutta l'ostilità possibile.

Gli uomini al fondo della sua forbice, con la certezza di dominare il timore di esserne castrati, ma lei li castrava, uno dopo l'altro, con le stregonerie della sua mente, essendo al tempo stesso perversa e incontaminabile. Questo era l'amore stregone, riscattare le torture torturando il torturatore. E riderne, poi, obbligata anche a quel ridere malvagio che alla fine l'esaltava come una vittoria.

E nel biglietto mai spedito spiegava alla madre: "Mi hai contaminato col tuo male. Far soffrire gli altri con ciò che fa soffrire te. E forse il tuo amore assurdo è questo: non essere sola nel tuo inferno, poterti abbracciare a qualcuno nel tuo inferno... Poterti abbracciare soprattutto a me, perché ti appartengo come creatura".

«Ti ho concepito avendone paura, Sara.

Il tuo venire al mondo è stato una pietra nello stagno. Ho lottato a lungo con me stessa per liberarmi di te. La paura era che accadesse anche fra noi il plagio che si era prodotto fra me e mia madre.

Lasciavo passare i giorni. Mi dicevo: devo farla nascere e poi salvarla. O forse sono tutte ossessioni mie, perché il mio sangue passerà in lei pulito. Sarebbe il riscatto nei confronti di mia madre. Il riscatto della mia vita.»'

Il narratore s'interroga con Sara.

Fa notare che madre Marlene ha sempre coltivato una vocazione al gioco di prestigio con i fatti. Nasce il dubbio che, nel raccontare la propria storia, ne abbia accentuato i toni, elaborato per eccesso gli avvenimenti; che si sia costruita persino una serie di ragioni amorali a lei non addebitabili. Una madre sciagurata, in questi casi, è l'alibi più frequente, e lo stesso può dirsi dei presunti soprusi sessuali subiti.

Ciò non toglie nulla al fatto che Marlene avesse tante facce diverse, a seconda della sua volubilità e instabilità. Mutevole nelle opinioni, nei sentimenti, in amore, nelle decisioni. Il mondo è avvelenato da questo male camaleonte. I dittatori che tengono in pugno le folle, esercitando il terrore e manipolando la lusinga perversa, ne sono l'esempio massimo. La patologia dell'amore, in Marlene esasperata, ha forme diffuse più di quanto si possa immaginare.

È questa l'essenza dell'amore stregone. Le sue ossessioni arrivano al punto di contaminarsi con la superstizione, chiamare in causa gli spettri, da sconfiggere con "la danza del fuoco". Ma anche gli esseri umani finiscono spesso per essere temuti come spettri, scambiati per spettri da destabilizzare, distruggere. E chi gestisce l'amore stregone può diventare, esso stesso, il feticcio della sua vittima, un feticcio dotato di un potere stregonesco. Capita alle donne favorite da un'eccezionale bellezza. La Storia ne è piena.

Com'era accaduto a Tommaso, che aveva fatto di Marlene l'idolo capace di garantirgli la sua musica. Se questa tesi era esatta, la personalità di Marlene non corrispondeva alle varie ipotesi avanzate su di lei. Tommaso non era stato il primo a cadere nella sua rete. Col suo istinto di sottomettere, di giocare con i destini altrui, lei aveva puntato in alto, via via a uomini simbolo, che si attribuivano genialità in vari campi: affari, professioni, creatività. Con i quali l'intrigo si faceva più stimolante.

Tommaso si era comportato come tutti. Aveva amato la suggestione di Marlene. Non potendo amarla per ciò che era, perché ciò che era, fosse tanto, fosse nulla, gli sfuggiva. Pur di non perderla, aveva accettato tutto, fino alla trasgressione.

'Marlene raccontava la prima volta che si erano conosciuti, lei e mio padre. In un grande albergo in Costa Azzurra, dopo una festa. Tommaso si era esibito. Avevano deciso, entrambi, di prendersi qualche giorno di vacanza.

«Quando usciva a passeggiare in giardino, la figura di tuo padre mi sconcertava, sempre affondata in chissà quali pensieri, l'aria scorbutica, mi sconcertava quel peso di silenzio che si portava, e sembrava ingobbirlo, non riuscivo a conciliarlo con l'idea della sua musica che ci aveva incantato.»

«Fu subito attratto da te?»

Marlene rise:

«Quando ci capitò di scambiare qualche parola, la prima cosa che mi venne da dirgli, chissà perché, fu: "Devi stare più dritto con le spalle, sei un bell'uomo, ma quanto ti costa questo pianoforte se ti ingobbisce sotto una montagna di pensieri... Lascia perdere, almeno qui, in vacanza: nessun pensiero è mai contento di sé, lo dice Shakespeare, lo sapevi? Su le spalle, e suona una canzonetta allegra, almeno una volta, suonala per me, magari"... Riuscii a strappargli un sorriso.»

Raccontava divertita, Marlene, e anche a me piaceva quel suo modo di raccontare, quando la stanchezza sembrava attenuarsi, il colore le tornava sul volto, il passo si faceva meno debole:

«Entrammo in confidenza e cercai di capire quale fosse il suo problema. Mi rispose, stranamente, che le dita cominciavano a tremargli quando sentiva l'anima di migliaia di persone che lo ascoltavano. "Sentire l'anima", disse proprio così, e io stentai a credere: imbattersi in un'anima bella, in un mare di uomini che l'anima se la tiravano coi denti pur di avere una donna.»

Tommaso cercava di incrociare Marlene, lei lo capiva, ma non per corteggiarla, per sfogarsi:

«... Darmi in pasto al mondo significa che non sono più mio, che non mi appartengo più, e ognuno fa di me ciò che vuole, quindi per alcuni sono ridicolo, per altri un genio, per altri un pesce fuor d'acqua... Che posso farci?... Il mio terrore sono i vuoti di memoria, è questo il dramma per un pianista, i vuoti di memoria significano declino, che la musica può abbandonarti, e la musica ti abbandona quando non provi più amore per la vita.»

Marlene si informò. Ascoltò le chiacchiere. Mio padre rischiava il saccheggio da parte del mondo:

«E chi, più di me, poteva sapere cos'è questo tipo di saccheggio? Mi ero sempre detta: chi si lascia depredare non ha più il diritto di esistere. Ma con Tommaso, all'inizio, non me lo dissi. Mi raccontavano che era arrivato a puntarsi una pistola alla testa... Gli uomini che mi assediavano avevano il cervello a forma di vagina, che li rendeva bambini. Tuo padre aveva un cervello a forma di grande cervello, ma era lo stesso un bambino. I suoi punti deboli erano evidenti, sfruttarli sarebbe stato un gioco da ragazzi... Ma a quel bambino ci si poteva affezionare. E persino io mi affezionai. Gli volli bene davvero, all'inizio.»

«E tu, perché ti eri rifugiata in quell'albergo?»

«In tanti perdevano la testa per me, e io finivo per perderla da sola, la mia testa. Le pazzie degli uomini si attaccano come febbri maligne. Ero una domatrice da circo che rischiava di essere sbranata dalle sue belve... Gli uomini ancora non li conosci, Sara, e vorrei augurarti di non conoscerli mai, se fosse possibile. A volte ero un mostro, con loro, ma più lo ero, più avevano bisogno di me. Rendermi conto che cadevano così facilmente nelle mie trappole e menzogne, mi faceva sentire una menzogna vivente, una menzogna di successo. Soffocavo, cercavo di sfuggire anche a me stessa, ma a forza di arretrare mi ritrovavo come su una punta di roccia, sarebbe bastata una spinta e sarei caduta nel vuoto... Volevo dormire, nient'altro, dormire e sognare di essere brutta, brutta per il resto dei miei giorni, e magari stupida come gli uomini della cui stupidità facevo ciò che volevo... C'è una maniera felice di essere stupidi, Sara. Più stupidi di così si muore, dice un proverbio, io ne conoscevo sempre di più stupidi, ma non moriva nessuno.»

In quei giorni, Marlene mi lasciò immagini, visioni, frammenti di memoria che erano la prova di una sensibilità che si era sempre nascosta in lei, ma esisteva. Aveva un estremo pudore di questa sensibilità.

Mi descrisse mio padre disteso nel letto, in preda a una delle sue crisi. E lei seduta accanto al letto, per rincuorare Tommaso senza parole, semplicemente con la sua presenza... Era un ragnetto che, dal soffitto, veniva giù lentamente, col suo filo sottile che la prima luce del giorno rendeva visibile e argenteo. Un ragnetto felice di stare come l'uomo ormai non sa più: appeso solo a se stesso. Tommaso fissava il filo rendendosi conto che era simile al suo, dentro l'anima e la mente, col quale tornava a calare la musica che temeva lo avesse abbandonato.

La musica come quel piccolo ragno pieno di grazia, di voglia allegra. Non era più il vuoto, a possederlo, ma quel filo da assaporare. Tommaso si scopriva capace, di nuovo, di comunicare col ragnetto, quando la brezza lo faceva oscillare durante la discesa verso la sua testa.

Talmente all'unisono, i due, che il ragnetto finì per adagiarsi sulla fronte di Tommaso, e le sue zampette si diedero subito a scavare con entusiasmo, come mosse dal desiderio di entrarci dentro, a quella testa.

Tommaso se lo mise sulla punta di un dito e andò a posarlo sul davanzale di una finestra. Avrebbe voluto che fosse già giorno pieno. Fra poco il pianoforte avrebbe risuonato nel silenzio della casa.'

Duetto per voce sola

'Giorni in cui continuavo a crescere come se fossero anni.

Finiva un'educazione che mi ero data soprattutto da sola, servendomi di brandelli dell'educazione altrui.

«Ti sto liberando dalla tua infanzia, Sara.

L'infanzia la si porta per tutta la vita. Quando diventa un vizio occulto, è disastrosa. Come ti ho dimostrato, è fuoco per l'amore stregone. Il vizio dell'infanzia si sarebbe nutrito, in te, anche delle leggende che mi riguardavano, del mito ridicolo della mia bellezza e della mia vaga crudeltà.»

Marlene tornava a chiamare in causa mio padre:

«Tommaso era, in genere, una cara persona. Spesso delizioso. Ma non sempre la peggiore sono stata io, non sempre, Sara... D'improvviso, tornava bambino, con quelli che esagerando chiamava incubi, mentre erano morbosità infantili. Più che soffrirne, se ne compiaceva. Di sentirsi abbandonato, anche dalla sua musica, non amato. Facevamo l'amore bene. Era bravo in amore. Ma aveva bisogno di non credere... Come se io potessi essere innamorata di qualche altro. Allora mi ossessionava, mi metteva alla prova. Succedevano disastri... Sono sempre stata così: se non venivo creduta, potevo diventare davvero puttana, farmi uno quasi sotto i suoi occhi. E lui ne soffriva come un cane.

Si compiaceva anche dell'idea che le donne lo cercassero non per ciò che era, ma per ciò che rappresentava, la notorietà, il successo. Però era lui il primo a sfruttare questa idea. Di femminilità era assetato.

Le allieve perdono ancora la testa per Tommaso?»

«Hai quasi ammazzato Max con un colpo di forbice.

Un colpo di forbice, anche tu, ti rendi conto? Quando me l'hanno detto mi sono venuti i brividi.

Era repellente, Max, col suo sesso mostruoso. Ricordi quei giorni? Io ti parlavo delle tue tettine che presto sarebbero spuntate, poi sono venuta a sapere che Max non ti dava pace, ti toccava, e io soffrivo per te, e un giorno gli ho detto: venga su, in camera, per aiutarmi a preparare le valigie. E lui è venuto, rideva alla sua maniera, credeva di potersi vantare anche con me, diceva che il suo più grande sogno era di vedermi nuda, mi ha strappato via la vestaglia, e per fortuna sua ci fu Samuel che si accorse di quella pazzia. Me lo strappò dalle mani. Io Max lo stavo ammazzando, ti giuro, Sara, e mai ero stata così vicina a te.»

«So che hai amato molto Samuel. E che lui non mi amava. Con qualche buona ragione. Ma lo rispettavo. Per la sua anima pulita e la sua forza di carattere.

Anch'io non ho mai avuto una patria. Vorrei essere sepolta accanto a Samuel.»

Quando era presa dai suoi rimpianti e da rimorsi, e si rendeva conto di aver diviso per anni la vita con un uomo di eccezione, Marlene ripeteva, come una litania in cui finiva per perdersi, che era giusto che mio padre fosse adorato e ricordato per sempre.

La sua musica aveva incantato anche lei, e citava

certe esecuzioni con un'espressione di meraviglia, ricordava il *Carnevale di Vienna* di Schumann o le *Ballate* di Brahms, addolorandosi che la memoria e l'impreparazione non le consentissero altre citazioni. Ma era sincera e commossa.

Non aveva mai interferito con la sua arte, come avrebbe potuto? Tuttavia, a volte, aveva espresso ingenuamente il desiderio che col suo genio andasse oltre... Arrivasse a creare una sinfonia tutta sua. Che fosse il creatore di se stesso. Interpretava pezzi di anima che erano di altri, continuamente assetato di quelle anime altrui.

«In fondo, Sara, anche il mio amore stregone è stato un po' così.»

«Fai l'amore con Krystian.

Conducilo tu. Ne sei in grado. Sappi che, per un uomo, sarà sempre un privilegio far l'amore con te.

Come lo è stato, per me, far l'amore con tuo padre, le prime volte. Lui era molto bello, e bastava che mi toccasse con quel mistero che conosceva bene, le sue dita sapevano davvero far nascere una musica dentro di me.

Io ero molto giovane.»'

'Quel foglio di tanti anni prima, scritto a sua madre e mai spedito. Marlene me lo mostrò ancora una volta. Lo fissò a lungo prima di consegnarmelo:

«Conservalo tu. Oppure distruggilo.»

Lo scrutò anche nelle mie mani. Sembrò intuire i dubbi che mi aveva insinuato:

«Hai ragione. Che senso può avere?»

Restò in silenzio. Come aspettando una mia parola. Non avevano più senso molte cose. Contava soltanto il suo comportamento in quei giorni, i momenti veri, umani, che mi aveva concesso. Il mio averla percepita come donna, non più come astrazione, enigma. Le stregonerie del suo amore, in sé, verso la vita, restavano un'ombra che si portava alle spalle, una sua seconda personalità. L'avevo percepita intelligente, con una sensibilità pronta a cogliere la grazia delle piccole cose. E la sensibilità insolita, come i sogni, può creare le sue perverse malizie.

Conservavo timore per questo possibile aspetto del suo passato. Ma ormai riuscivo ad allontanare da me le supposizioni peggiori. Mi aveva conquistato una piccola parte di lei che si era conservata solare. Un sole che, probabilmente, mandava sprazzi di luce in un bosco fitto, cupo. Mi bastava per appagarmi. E quando rincasavo, intrattenendomi con mio padre senza metterlo a parte di nulla, mi consentiva una piccola pace.

Si mise a sorridere fra sé:

«Per una che si è sentita una menzogna vivente, è sempre difficile stabilire confini alla fantasia, non a quella della mente, ma del ventre, delle viscere, quando il mondo si raccoglie lì, nelle tue viscere, e ti fa male come una spada conficcata... Comunque sia, non ho mai mentito del tutto, Sara, mai: le mie sono state le parabole dei poveri, con cui un po' s'inventa, un po' no, rubando alla realtà quel tanto di inverosimile che contiene, e che realtà resta... Il mondo non l'abbiamo inventato noi, Sara, è lui che ci costringe a inventarlo.»

Capivo che quei nostri incontri stavano per concludersi. Che ci sarebbe stata, fra noi, una svolta a cui non volevo pensare.

Mi portò nei ristoranti. Lei toccava appena cibo, ma era felice di vedermi mangiare con buon appetito. Improvvisava situazioni che potevano farmi piacere. Mi diede un appuntamento bizzarro, e l'accettai come ogni volta, senza domande. In una boutique del centro.

La pioggia batteva contro le vetrine. Marlene sedeva da una parte e muoveva la testa per approvare e disapprovare, mentre mi provavo un vestito dopo l'altro. Sembrava esausta, più pallida ancora delle volte precedenti, ma cercava di reggersi con la forza della volontà. Notavo che la luce, negli occhi, le si ravvivava quando assecondavo il gioco che si era proposto: mi immergevo in un vestito e poi, con uno scatto, me ne liberavo, mettendo in mostra il mio corpo, fingendomi capricciosamente insoddisfatta.

Non si alzava, Marlene. Ma tendeva le braccia, scivolando con le mani su di me, seminuda o vestita che fossi, per suggerire, sistemare:

«Questo va bene, mettiamolo da parte... Proviamo anche questo.»

Un vestito color malva, uno nero, uno verde, i colori si susseguivano. Marlene scambiava sorrisi con la titolare della boutique, le commesse. Ne decantava l'avvenenza. Invitava anche loro a passare le mani sul mio corpo, per eliminare un'imperfezione, appuntare una variante con gli spilli. Mi rendevo conto che, nel negozio, si era sprigionata una sensualità intensa, ed era lei, Marlene, a evocarla, coinvolgendo le donne con un'abilità ambigua. Tutte, via via, si prestavano. Da tutte, una morbosità. Avrei potuto convenire che, intorno a me, si era animata una piccola stregoneria.

Finché, nella boutique, non si fece silenzio. La testa di Marlene si piegò sul petto. La sfinitezza l'aveva vinta. Mi piegai sulle ginocchia accanto a lei. La scossi leggermente, mormorando:

«Marlene.»

Aprì gli occhi, con uno sforzo, felice che quello sforzo le consentisse di mettermi a fuoco:

«Sara... Li compriamo tutti, i vestiti.»

Rideva divertita. Della sceneggiata che aveva animato nella boutique:

«Le donne, basta chiamarle in causa con quel tanto di lussuria, e loro ci cascano, assorbono come spugne.»

Si compiaceva della sua risata, che si trascinò passo passo, alla fine smemorandosene, fino a ritrovarsi con un "Eh, già. Eh, già".

«Hai retto bene il gioco, Sara. Gli hai fatto venir voglia di far l'amore... Eh, già.»

In quei casi, lasciavo che desse sfogo all'ironia che scompaginava i suoi pensieri:

«C'è da non crederci. Basta premere i tasti giusti, che poi sono sempre i soliti e più banali, e via che vai! Pretendere di cambiargli i connotati, al mondo, di ferirlo in qualche modo, è pazzia. Il mondo non ha sangue per le sue ferite.»

Uscita dalla boutique, aveva voluto andare a piedi:

«Mi piace sotto la pioggia.»

Strette sotto lo stesso ombrello, con la stessa attenzione per non bagnarci. Anche a me piaceva. Poi, sopra di noi, si fece largo il sereno. Un azzurro abbagliante, con l'odore aspro della pioggia appena sfogata, che rendeva più penetranti luci e colori.

Marlene esclamò, con uno strano tono:

«Un misterioso messaggio.» Fissò il cielo: «Eppure, Sara, mi è rimasto lo stupore... Per quanta rovina posso essermi procurata con le mie mani, questo non l'ho perduto. Lo stupore, anche nei momenti dolorosi. Anche quando il dolore degli altri l'avevo procurato io stessa».

Dal suo braccio che stavo sostenendo, avvertivo la voglia di resistere che l'attraversava, l'abbandonava, tornava a farsi presente.

«Non so quanto mi resta da vivere, Sara. Te lo sto dicendo con dolcezza. Ma non ho paura. Per me la morte sarà un'altra cosa, sarà stupore.»

Mi bastava trascinarla con la dolcezza che evocava. Lei mi seguiva ubbidiente:

«Andiamo, Marlene.»

«Mi sono ammalata, Sara. Ho lasciato che la mia malattia si facesse strada senza curarmene. L'amore stregone mi aveva distrutto, non avevo più né il vizio né l'energia per compiacerlo questo vecchio gioco senza senso. Il difetto di tuo padre, forse il peggiore, è di non aver capito il disprezzo che ho sempre avuto per me. Per capirlo, ci voleva anche ironia, un po' di allegria...

Ma mentre la malattia mi toglieva le forze, c'era una forza che nasceva, una forza bambina, una specie di sguardo che mi animava.

La voglia di amarti, Sara.»'

Le ultime musiche amate

Aveva fatto strada Sara.

Per strade e borghi resi familiari dalle passeggiate furtive con Marlene. Tommaso, senza sapere, si era lasciato condurre. Avevano visitato città del mondo sempre di corsa, con l'ansia e la fretta dei concerti. Era la prima volta che esploravano i luoghi respirandoli nell'aria della mattina, scoprendo che i luoghi si possono respirare con la dovuta pace. Sara spiegava al padre:

«A saperla vedere, Roma è uno zoo incredibile. Quante bestie raffigurate per le strade romane, elefanti, scimmie, scrofe, serpenti.»

Si sedettero su una panchina, in una piazzetta.

«Guarda lassù.»

Tommaso scrutò la piccola gatta di marmo, che occhieggiava da un cornicione:

«Fu trovata negli scavi del tempio di Iside, ed è una gatta sacra...»

«Come lo sai?»

Sara alzò le spalle, rispose:

«Lo so. So tante cose.» Poi, con un colpo di fantasia: «Quella gatta serviva per i riti misteriosi... Per sentire il male e il bene nell'anima, come dici sempre tu della musica.»

Tommaso le strinse le mani:

«Ti ringrazio, Sara.»

«E di cosa?»

«Per aver saputo, al posto mio, tante cose. Con un coraggio che io non avrei avuto.»

Sara continuò a fissare la gatta. I vetri che davano sulla stanza in cui stava Marlene. Aveva avuto anche il coraggio di esaudire il desiderio della madre che, in quel momento, certamente li scrutava dall'alto. Le aveva chiesto:

«Vorrei vederti, almeno una volta, insieme a Tommaso.»

Krystian si chiedeva se avrebbe mai avuto una vita sua.

Era entrato in quella casa perché la vita altrui fosse più perfetta. Vita altrui anche quella del pianoforte. Vita di Tommaso e, ora, di Sara. Tommaso l'aveva spiato quando la pistola era diventata complice della sua depressione. All'inizio non sapeva se l'avrebbe usata realmente per uccidersi, o se gli serviva per il gusto morboso di accarezzare quest'idea, come accarezzava l'arma, quando ogni mattina ne lubrificava i congegni.

La vita di Tommaso, in quei giorni dubbiosi, era dipesa dal ragazzo. Vi si era identificato, fino a sentirla propria, era dunque come se avesse difeso se stesso.

Così, ogni giorno, il minuzioso culto per la musica di Tommaso.

Krystian aveva cura, oltre che dello strumento, delle piccole cose, come della seggiolina, bassa, solida. Tommaso aspettava che il rito si ultimasse, poi arrivava alle spalle del ragazzo, sfiorava i tasti. Entrambi restavano sorpresi per la risposta della tastiera al tocco leggero, che Krystian definiva il "sentimento dell'agilità e dell'amplesso con le note".

Era il loro modo di darsi il buongiorno. Di dirsi:

«Anche oggi siamo vivi.»

Difficili le mattine in cui Tommaso scendeva nello studio dopo notti agitate dai suoi sogni angosciosi.

Krystian li conosceva, quegli incubi. Un cielo attraversato da una miriade di fogli bianchi: spartiti, spartiti... Più Tommaso agitava le braccia, più si ritrovava fra le mani spartiti che erano patrimonio della sua memoria, fluida sostanza del suo sangue, mentre ora non riusciva più a distinguerne una sola nota. Sapeva che a volargli intorno alla testa come un pipistrello bianco era l'*Andante spianato in sol maggiore* di Chopin, ma la composizione non esisteva, raschiata via dall'accecante bianco del nulla, se avesse messo l'*Andante* di fronte a sé, per interpretarlo, come aveva fatto mille volte, la sua mente e le sue dita sarebbero rimaste inerti, la sua anima muta...

E così col *Concerto n. 4 in sol maggiore* di Haydn, il *Concerto n. 13 in do maggiore* di Mozart, e via via con le composizioni più amate, tanti frammenti di una cancellazione rovinosa come un terremoto. Gli spartiti del nulla lo avvolgevano, lo bersagliavano, lo spingevano indietro al punto zero della conoscenza.

La prima luce del giorno lo sorprendeva senza respiro, con l'idea di essere sommerso da spartiti morti, mentre era con le coperte che stava combattendo.

Un altro incubo era il sogno di Samuel. Gli appariva Samuel, seduto di fronte a lui come sedeva nella villetta croata di Trogir, ai tempi in cui si erano lasciati fotografare nelle immagini che ora spiccavano sulle pareti del salone. Samuel lo fissava, allora, con uno sguardo indefinibile. Gelosia, rammarico per questa gelosia, nostalgia di un amore fraterno avversato da una rivalità precoce che poi, in Samuel, si sarebbe risolta in rassegnazione.

Tommaso si metteva al pianoforte e il fratello socchiudeva gli occhi, finendo per arrendersi alla maestria dell'interpretazione, tanto che tornato il silenzio diceva in un sussurro:

«Grazie, Tommaso.»

Nel delirio del sogno, le pupille di Samuel esprimevano una sete di fissare essendo morte, velate da una lontananza oltre la vita, che rendeva pallida, quasi col biancore del teschio, la sua testa immobile. Dallo sguardo a cui Tommaso non riusciva a sottrarsi, un potere delle ombre avvolgeva la figura, i tratti del fratello immersi in un vortice di condanna. Capiva che Samuel stava trasferendo in lui il suo contagio del silenzio.

Tommaso annaspava, come se gli venisse meno l'aria, le sue cellule assorbivano il silenzio, il silenzio era un fuoco divoratore di ogni possibile musica, bruciava il talento, il genio, con un azzeramento spietato. Cercava di scuotersi, di svegliarsi, senza riuscirci:

«Perché non mi rispondi, Samuel? Perché non rompi questo silenzio almeno con una parola?... Da ragazzi, mi guardavi suonare e a volte piangevi. Cos'ho da farmi perdonare dopo tanto tempo?»

Tutto era fuori del tempo. Nella dimensione di Samuel che si dissolveva.

... Tommaso prendeva posto sulla seggiolina, diceva:

«Avvicinati.»

Scrutava Krystian come se avesse potuto liberarlo dai residui della notte. Tendeva le mani sulla tastiera, ma non appoggiava le dita, le punte delle dita se le sentiva di ghiaccio, come quando il freddo dell'inverno toglie sensibilità al tocco, col terrore che fra lui e la tastiera la musica non fosse più possibile.

Krystian fissava le sue mani ferme con occhi amorevoli che si sostituivano agli occhi implacabili di Samuel e allo sfarfallìo derisorio degli spartiti bianchi. Tommaso cercava di sorridere:

«Accordami, Krystian. Oggi devi accordare me... Cos'è questo terrore? Vederli come ragni, i tasti. L'amore che ho sempre avuto per loro potrebbe davvero trasformarsi in odio?»

Un'angoscia vera, in quelle parole, e Krystian si piegava sulle ginocchia, gli prendeva le mani, gliele stringeva. Proprio lui, come poteva ritenere assurda l'angoscia di Tommaso, dal momento che aveva sempre attribuito una coscienza a tasti, martelletti, corde, pedali? Prendeva a muovere le dita sulle dita di Tommaso, con l'idea di servirsi della sua arte su quelle mani per cui nutriva una fanatica devozione. Cercava di trasmettere le sensazioni tattili che gli dettava il suo estro, di sciogliere il freddo come riusciva a sciogliere la rigidità dei martelletti quando s'irrigidivano rifiutandosi di collaborare.

Lentamente, Tommaso si sentiva svuotato dalle ombre:

«Va meglio, Krystian.»

Appoggiava le mani. Di nuovo gli bastava un tocco. Per tornare se stesso, poteva scegliere la *Grande Polacca* di Chopin.

... Così nella vita di Sara.

Krystian era stato testimone di quando Tommaso, dietro la sua porta, chiedeva:

«Sara, sei pronta?»

E da lei veniva:

«Entra.»

Krystian si fermava al fondo del corridoio. Nel suo turbamento, Tommaso non badava alla sua presenza. Una sera, aveva lasciato la porta accostata, e al ragazzo era apparsa Sara mentre si lasciava cadere ai piedi l'accappatoio, e si girava dallo specchio per essere ammirata dal padre, che le diceva:

«Mi piace guardarti, Sara.»

Non era accaduto nient'altro. Semplicemente la nudità di quel corpo che si offriva agli occhi di Tommaso e, inavvertitamente, allo sguardo di Krystian. Li ricordava immobili, i due, che si concedevano un tempo eccessivo, lasciando che l'ambiguità si facesse più forte di ogni gesto.

Riconoscere l'esattezza di un presentimento faceva parte del suo ruolo. Erano dissonanze – simili a quelle da ammorbidire, eliminare, nei martelletti del pianoforte – sia gli incubi di Tommaso, l'ossessione che la musica potesse abbandonarlo, sia l'ambiguità desiderosa di Sara, ancora non risolta. Krystian si disse che, di nuovo, dipendeva da lui: liberare Sara, renderla donna capace di decidere.

Aspettava il momento, la notte in cui Sara avrebbe smesso di fissare le sue finestre, per attraversare il giardino, raggiungerlo.

Si alzò il vento. Le luci, all'interno, erano cadute. Anche fuori, il buio era completo, si distingueva appena la luminosità di Roma contro l'orizzonte. Pesanti gocce presero a battere contro le vetrate.

Krystian percepì l'apparizione che stava per prodursi. Si mosse fra le ombre degli oggetti che sembravano formare, intorno, una platea in attesa, fra il diluvio esterno e la pace interna. Avvertì un profumo. Di fronte a lui, una poltrona dall'alto schienale. L'aggirò e gli apparvero due gambe accavallate. Ora poteva scorgere i capelli della ragazza seduta. Fu sul punto di rivolgerle la parola, ma non lo fece.

Si disse che non aveva nulla di sorprendente il fatto che la ragazza continuasse a stare immobile e silenziosa, nascondendosi nella poltrona. Quando affondava le mani nel pianoforte, accadeva spesso che i congegni rivelassero una vita propria, come gli animali nella loro tana, e non c'era da sorprendersi per certe imprevedibilità.

Tutta la zona doveva essere rimasta senza energia elettrica. I lampi erano cessati e il temporale si stava calmando.

Sara, sottovoce:

«Krystian.»

Gli arrivò come una provocazione creata dal buio, col tono eccitato dal buio.

Krystian:

«Sara.»

Improvvisamente, la mano di Sara prese la sua. Il buio diede mistero al reciproco desiderio di toccarsi. Krystian cercò a tentoni il volto di Sara, le dita sfiorarono la fronte, scesero alle labbra, individuando lentamente i tratti. Le carezze ebbero la coscienza del buio. Quando Krystian fece scivolare la mano sul corpo nudo, Sara ebbe una reazione simile su di lui.

Sapevano che finché fosse durato il buio, potevano disporre del contatto che li aveva uniti, come senza il peso di un'identità.

«Fallo con delicatezza» disse Sara.

Ruth, la donna piccola di statura, ma energica, con l'aspetto della contadina, che aveva accudito Marlene, stava sulla porta, rifiutandosi di entrare. La notizia che portava, non voleva diffonderla nella casa: doveva restare chiusa in lei, nel suo dolore di povera donna che non aveva diritto, nemmeno in quel caso, di stare all'altezza di chi era più di lei.

Disse a Sara:

«Mi ascolti... Come se fossi io sua madre. Le sue ultime parole sono state: diglielo con delicatezza.»

Marlene, nel suo letto addossato alla parete.

La gatta di marmo sembrava occhieggiare al di là della finestra.

La morte aveva restituito a Marlene la bellezza che aveva avuto un tempo: nel momento migliore della sua vita di donna. L'ultima grazia che le lasciava in dono l'amore stregone. Sara accarezzò quel volto tornato alla bellezza e capì che anche da lei, con quel gesto, si dissolveva l'ultima, luminosa stregoneria.

Una piccola nuvola rossa le fece girare lo sguardo. Appeso alla parete, il cappotto rosso vivo che madre Marlene le aveva regalato quando era bambina, dicendole:

«Mettitelo, così sconcerterai tutti, perché è proprio rosso fuoco, e penseranno "Stramba, questa bambina", però non passerai come una bambina qualunque, porterai la stranezza mia e tua, e anche nel buio potranno vederti da lontano.»

... Fece l'atto di alzarsi.
«No. Resta qui» lo pregò Sara.
Tommaso tornò a scivolare nel letto, accanto a lei.
Entrambi avrebbero voluto dire:
"Questo freddo."

Si vedeva, lontana, Villa Kar, mentre il sole scendeva dietro la roccia grigia e compatta, mentre gli occhi di Sara pregavano il sole di resistere, di non lasciarsi ingoiare. La bora stava ripulendo l'aria.

La tomba di Samuel e, poco distante, la tomba di madre Marlene. E quelle musiche, diffuse per loro.

Tommaso immobile. La bora trascinava intorno a lui, su di lui, le sue musiche più amate. Invadevano il piccolo cimitero. La bora sembrava dar vigore alla maestria fantasiosa con cui erano state interpretate.

Sara scrutava il padre nascosta da una parte. Come quando, bambina nata da poco, cercava di non piangere per non disturbare le armonie che la raggiungevano nel suo piccolo letto, in una camera adiacente al salone dove suo padre sedeva al pianoforte. Quelle note penetravano nella sua mente, nell'argilla ancora informe della sua mente e dei suoi sensi, si sostituivano ai pensieri e alle emozioni che stavano nascendo: venivano assimilate come prima sostanza della vita.

Sara aveva colto di sorpresa Tommaso.

Era bastato registrarle, quelle musiche. Pensando all'ora, verso il tramonto, quando le cose sembrano chiedere destino e armonia.

Indice

Arnoldo Mondadori Editore S.p.A.

Questo volume è stato stampato
presso Mondadori Printing S.p.A.
Stabilimento Nuova Stampa Mondadori - Cles (TN)

Stampato in Italia - Printed in Italy